Kathrin Röggla nähert sich mit lakonischem Witz dem, was man gemeinhin so die Wirklichkeit nennt. In den Blick nimmt sie, was ihr ins Auge fällt. Alles läßt sich erzählen, »wenn man an der richtigen Schnur zieht«. Und so probiert sie Situationen aus, arrangiert Großstadt-Szenarien, erzählt von Paul, legt die Hand auf den Himmel an einem Sonntagnachmittag.
Allem Vorgefertigten wird mißtraut: linearen Lebenswegen ebenso wie verordneten Sätzen – sie reißen ab, werden zum Kippen gebracht. Ganz unsentimental zieht Röggla Bilanz über das Leben, das am Straßenrand steht und kurz mal winkt: »alles ist beruf. und dann ist feierabend, und dann wird gegessen, und so wird es gemacht: man führt die gabel ins hirn und sticht zu, jemand schreit auf, die erbsen kollern die straße entlang, bis sie zurück im stammhirn sind und kinder kriegen. dann ist nachmittag und man ist vierunddreißig.«

Kathrin Röggla, geboren 1971 in Salzburg, lebt in Berlin. Sie debütierte 1995 mit »Niemand lacht rückwärts«. 1997 erschien »Abrauschen«, ihr erster Roman (FTV Bd. 15041). Im Frühjahr 2000 veröffentlichte sie »Irres Wetter«, im November 2001 »really ground zero« (FTV Bd. 15646). Im Herbst 2002 wurde ihr Stück »fake reports« uraufgeführt. Ihr zweiter Roman »wir schlafen nicht« erschien im Frühjahr 2004; die Bühnenfassung wurde im Schauspielhaus Düsseldorf uraufgeführt. Kathrin Röggla wurde u. a. mit dem Sacher-Masoch-Preis und dem Italo-Svevo-Preis ausgezeichnet.

Unsere Adresse im Internet: www.fischerverlage.de

Kathrin Röggla

Niemand lacht rückwärts

Fischer Taschenbuch Verlag

Veröffentlicht im Fischer Taschenbuch Verlag,
einem Unternehmen der S. Fischer Verlag GmbH,
Frankfurt am Main, Juli 2004

Lizenzausgabe mit freundlicher Genehmigung
des Residenz Verlags, Salzburg und Wien

Druck und Bindung: Clausen & Bosse, Leck
Printed in Germany
ISBN 3-596-15132-5

Auch Paul

alles läßt sich zweimal erzählen. in gelb und in grau. so auch paul, der läßt sich erzählen, wenn man an der richtigen schnur zieht. gleich kommt er.

null:

mein auge sieht in schleifen,
mein auge sieht nur schlafen.
ich höre mit und mache eine entsprechende eintragung, dann schaltet sich das ganze ab und beginnt wieder von neuem:

eins:

die stadt ist im argen sagen sie, die straßen ziehen nur so vorbei, den ganzen tag lang, sagen sie, es gibt gegensätze, die passen einfach nicht ins handschuhfach und andere springen dort hinein, als wäre das die richtige veranstaltung, doch alles trifft zu, und das ist es ja, sagen sie und fragen, wer macht den hunger blau, fragen sie.
„ich bin es, ich bin es", schreit paul und setzt sich im bus neben mich. momentan ist vormittag, kalt und feucht, daneben scheint die sonne und menschen gibt es auch. so auch paul, der hat eben den bus betreten, jetzt sitzt er neben mir.
paul also ist es, der den hunger blau macht, und das schon seit sieben jahren, jetzt aber steigt er wieder aus dem bus aus, ein bißchen zuviel getrunken und geraucht gestern abend, flüstert er mir noch vor-

her ins ohr und seine nerven habe er ebenfalls verloren. dann zieht er an seinen schultern wie an altem gebäck, und fort ist er, läßt als passant nicht locker, schnell ist eine zeitung unter den arm geschoben und eine zigarette in der hand, doch als mensch, ja als mensch fühlt er sich nicht gerade kugelrund, aber schließlich muß man ja kein ewiger singvogel sein, wie man ihn kaufen kann oder abdrehen bis er speibt.

es ist alles so rundherum heute, sagt er in szene zwei nervös zu mir, denn seine musik war beim tabakhändler für einen moment lang stehengeblieben, jetzt treibt er sie erneut an, mit hilfe der beiden radfahrer in seiner jackentasche, die kann man sich mieten, eine mark fünfzig am tag, und sie bringen es auch wirklich, wenn man an die zukunft denkt und das tut er, bis die musik weiterläuft, sagt er zu mir im bus, doch ich bin längst weitergefahren, in einem fahrstuhl diesmal. vorstellungsgespräch, das kennt man ja.

dieser job muß endlich sein ende finden, beginnt er erneut im fahrstuhl auf mich einzureden, ich aber höre nicht zu, muß weiter durch den gang in meine sache hinein, schlage meinen augen die richtung ab, in die er seine hand hält, er kann das nicht ewig weitermachen, steht auf der geschrieben, denn schließlich ist er gelernter schauspieler und kein alter, aber irgendwie müsse man sich doch über wasser halten. es ist nur ein seil quer über das becken gespannt, und drinnen die vielen menschen, die alle eine schnitte ab haben wollen.
die ernährung erfolgt ja doch aus dem magen heraus und ist nicht zu stoppen, kein ding, das ein für allemal gekleistert werden kann, und dann hat sich die sache. aber wenn es sein muß, da kann man das essen schon

mal um eine stunde verzögern, etwas schnurrt zurück, der mund verklebt ein bißchen, und dann, nach dem ersten bissen, läuft alles wieder am alten schnürchen. doch wenn es bei dieser stunde nicht bleibt, was hat man dann noch in der hand gegen die nächste woche. so redet er auf mich ein, von allen seiten kommt das und geht doch nie zu boden, geht mich nichts an, ich verlasse das geldinstitut, das mich nicht glücklich macht.

paul aber ist schon unterwegs richtung studio, wo die täglichen aufnahmen stattfinden, und gleich tut er es.

auf fünf minuten zusammengepreßt sähe seine arbeit ganz anders aus, beginnt er von neuem, er ist da nicht zu bremsen, er hat das rauschen gepachtet, das man reden nennt, die rede stellen oder zusammenschneiden, der batteriebetriebene mund usw., so sagen sie alle jetzt, alle stehen sie jetzt in ihrer sprache, und das wetter wird auch morgen vorbeikommen, das leben läuft weiter auf seiner kalten eisenstange direkt über paul, der in falschen beinen vor laufender kamera steht.
da paßt die landschaft, selbst der oberkörper stimmt, nur auf die beine haben sie nicht geachtet, und der bildschirm ist der letzte, der den braten riecht –

denn das ist fernsehen und kein buch, wie man es aufschlägt, um die seiten heimlich herauszureißen, nach feierabend, wenn die rechnung nicht stimmt, das ist fernsehen und geht schnell. so wird mitten in die menschenmenge hinein eine äthiopische mutter&kindfigur mit bleichen männerfüßen geworfen, und jetzt wissen sie es alle, daß paul es war, der den hunger blau machte, paul also ist es, der den hunger blau macht, sagen sie und rühren um, schalten ab, der spuk ist im kasten und kommt nicht mehr raus, einzig du springst los, kommst hoch aus dir, ich lese den ärger dir aus dem gesicht ab, und wer weiß, was mit dir jetzt alles passiert, mein auge sieht in schleifen, mein auge sieht nur schlafen.

springteufel

aber arbeitslos sein muß verdammt sein, sagen sie gerade, aber arbeitslos sein muß eine mißliche lage nach der anderen aus seinen ohren ziehen, sagen sie und zeigen mich im fernsehen her. ich starre mich an, irgendwo redet eine person über mein alter und mein geschlecht, während ich noch in tätigkeiten verwickelt schon abdrehe, gleich bin ich weg, bin mich los und treffe mich nicht mehr, denn nur einmal wird man im fernsehen hochgehoben, danach taucht man wieder ab und landet am zimmerboden.

ich bin nicht arbeitslos und auch nicht flach, ich schalte nur ab, mein blick ist davon, schon lange geht das so und so weiter, er ist eben davon und hat sich mitgenommen. der häuserschlaf der gegend ringsherum (draußen), die stufenlos zu schaltende landschaft rührt sich selbst um und drückt höchstens mein linkes auge dann und wann zu, außerdem ist es kalt und die wohnung macht nicht spaß. ein raum auf dauer greift zur haut, greift eben an, so sagt man doch, jetzt zum beispiel weiten sich meine augen wieder, und heraus kommt das weiß des nachmittags, das färbt das zimmer zur rüden unbeweglichkeit nieder.

SIE glauben wohl, ich sitze da – vor den zahlreichen familienserien, die der nachmittag so hat, und ziehe mir dabei an den socken, doch nein, ich kann sitzen, bis ich weiß werde, bis ich warte, und dann wieder nichts, bis alles mir eine endlose zahnreihe wird, die ich nicht zu grüßen brauche oder die hand heben dabei.

ich sitze da, weil mein körper den raum einnimmt, den er braucht, ich vergesse ihn ständig, dann schlägt er wieder zu, und ich breche mich ab. die stunden vergehen auch ohne mich – meine hände sind mir gleichgültig, ebenso ist die kopfhaut abgebunden.

was soll ich auch mit einer tätigkeit in der hand, mir fehlt doch die richtung, in die ich sie wegwerfen könnte. jeder ansatz zu einer fingerbewegung würde letztendlich auf mich zurückfallen und schwer landen, jeder meiner ansätze treibt seine blüten ins grau.
also bin ich nutzlos, und bald kommt der große bär und schlägt mich tot dafür, denn schließlich könnte ich pilotin sein, anderen menschen den rücken aufschneiden oder an das kassengeld denken und obendrein mich noch heimlich umdrehen, mir einen schokoriegel in den mund stopfen.

ja, unter die haut einer arbeit schlüpfen und große augen dazu machen, das macht die ganze wut aus, die man sich heute noch gönnen darf, unter die haut einer arbeit schlüpfen, darin verschwinden, und dann plötzlich zuschlagen, alles mit einem schlag aufessen und dabei sich nicht umschauen, habe ich mir immer gedacht, während die anderen im gang schon mit ihren zahlreichen büchern und kopfbewegungen raschelten, den körpersäften, die, ständig in bewegung, sogar die farbe wechseln konnten. so klopften sie sich auf die schultern, machten schnittproben für anzüge und lachten dabei.
alles ist beruf. und dann ist feierabend, und dann wird gegessen, und so wird es gemacht: man führt die gabel ins hirn und sticht zu, jemand schreit auf, die

erbsen kollern die straße entlang, bis sie zurück im stammhirn sind und kinder kriegen. dann ist nachmittag und man ist vierundreißig.

sie haben es besser gemacht als ich, ich sitze da.
sie haben es höher gemacht als ich, ich sitze da.
sie haben sich gemacht als ich, wie ausgemacht.

es ist schon so eine höhle mit dieser wohnung, meistens sehe ich weg, zu boden, ich bin alleine, und das kann sich sehr schnell ausbreiten, niemand unter dem bett versteckt oder hinter dem vorhang, nur manchmal etwa springst du hervor, wie eben jetzt, du setzt dich, schälst deine hände hinters genick, ich grüße nicht.

einmal morgens zu hause bleiben, sagst du, nicht dem täglichen spuk ausgesetzt sein, sich einfach als hageren hausschlurf vorstellen, der im bett den türkensitz probt und nie den tag vor dem abend loben will.
einmal das haus hüten und aus seinem fernbleiben ein buntes geheimnis treiben. doch gegen den arbeitstag ist halt kein kraut gewachsen, sagst du, doch ich grüße nicht.

so klappt in deinem gesicht etwas nicht, einen augenblick lang läuft eine masche darüber, der mund stoppt kurz, die augenbrauen scheinen dich nicht mehr auszuhalten, und mit deinen augen wird es auch gleich vorbei sein, der blick beginnt schon nach innen zu kippen, und kaum, daß ich bemerken kann, daß es die langeweile ist, die dich so von mir aus überfährt, springst du schon hoch, vernichtest vernünftig den raum, ständig in eile, brauchst du bloß mit einer zehe zu winken, und schon ist das zimmer verloren, in das du noch scheinbar eingenistet bist. du forderst von einem pendelschlag den nächsten, bist eine handlungsreisende. und ich muß mit, sagst du.

laß uns losgehen, sagst du, denn was wartest du noch, die straße wird dir nicht ewig nachgezogen, eine weile noch, und draußen wird es für immer klein, da gibt es dann kein lieblingslokal mehr an der ecke und der zeitungsstand ist auch leergefegt, und: wir machen einen pakt, sagst du, schlägst zu:
du wirst mir beibringen, ganz ich zu sein, ich werde lernen, mich dazu zu bewegen, der länge nach werde ich dasein. ich werde mich anstellen dürfen – das kaufhaus und das rosenöl, das wird mir durch die knochen wabern mitten in das herz hinein, das geht dann über vor nachtfaltern aus kaffeemarken. ich werde es mir laut machen können.

du hast dich in begeisterung geredet, stromschnellen wachsen dir um die mundwinkel und man sieht, du kannst seifenblasen quer durch die köpfe der menschen schießen, daneben ihnen mit dem daumen in den mund fahren und umrühren, doch ich grüße nicht.
das geht eine ganze weile so und so weiter, du sprichst mir schließlich den kontohandstand aus und drohst mit stillegung, immer weiter kommst du mir dabei ins gesicht, willst gleich durch mich durchsteigen und mich zurücklassen als blumenvase oder als infantilkind, das die wohnung noch nicht versteht, du kümmerst dich. laß uns einen pakt machen sagst du ein letztes mal, du kommst mit mir mit, und jede bewegung wird dir ein verlorener nachmittag, jedes wort ein neues kleidungsstück und kein hunger mehr, der aus deinem magen herausknallt.

da lache ich laut auf, zu tief sei mein magen in arbeit gestellt, als daß er den hunger kennt.
erstaunt stellen sich bei dir ohren ein, denn schlecht sind die tage, an denen man nicht weiß, was mit dem einkauf los ist, erstaunt stellen sich bei dir ohren ein, über die du stolperst. ich ziehe sie dir mit einem ruck übers ganze gesicht und werfe dich nach hinten zu all den anderen   wie ausgemacht – wie die anderen werde ich dich verzehren, und dann ist auch schon schluß damit.

SONNENLEERE /déjà vu

manche landschaften brauchen ja einfach nur mehr biß, diese aber hier ist so weit von sich entfernt, daß sie gewiß schon in einer anderen zu hause ist. und wenn es noch so von sträuchern wimmelt und von häusern, den abwaschbaren autos, so fehlt trotzdem etwas ganz deutlich, etwas hat sich noch nicht eingestellt, das bild ist nicht rund, so sagt man doch. möglicherweise ist es die ausdauer, die ihm fehlt: die landschaft ist noch gar nicht geschehen oder zu schnell, es fehlt ihr vielleicht noch so etwas wie ein zug, der sie durchzieht und zugleich einen hintergrund aus ihr macht, oder besser noch ein hagerer mann, der sich darin streitet mit jemandem aus nächster nähe, doch dieser, nicht sichtbar vom standpunkt der betrachtung aus, hinter dem zaun einer der schrebergärten versteckt, reagiert so gar nicht auf die heftigen vorwürfe, die ihm der hagere macht, bis es ihm zu bunt wird und er über die gleise und aufs ganze geht.   doch nichts dergleichen hält meine augen fest. so sieht sie gar nicht aus die gegend, ein leerer augenblick, der hat sich selbst gehabt und schluß damit, nichts kommt davon an bei mir, so habe ich jedenfalls zu jemandem gesagt, der ist daraufhin auch nur in die s-bahn gestiegen und hat die ganze angelegenheit hier nicht weiter zu einem ereignis machen wollen.

doch etwas muß um mich geschehen, nicht umsonst höre ich schritte, stimmengewirr und lautsprecheransagen, jedenfalls: something takes place und nimmt mich mit im flaschenzug der geräusche. möglicherweise handelt es sich dabei um eine demonstration, denke ich

mir, halte ausschau nach plakaten und dergleichen. doch nichts zu sehen, nichts bewegt sich: die autostraße hält weiter ihre insassen gefangen, flechten hängen stumm von den bäumen, einzig schnee entsteht auf der böschung. es wird kalt.
mittlerweile ist der lärm näher gekommen, und ich glaube jetzt darin hören zu können, wie immer wieder ein name gerufen wird. ich versuche diese rufe in den raum zu drehen, den raum an ihnen entlang zu schrauben, doch es gelingt mir nicht. nur eine kurze bewegung habe ich in einem winkel erahnen können, das war ein gegenstand, der zu boden gefallen ist. es dauert eine ganze weile, bis ich entdeckt habe, daß ich diejenige bin, die in dieser gegend etwas fallen gelassen hat. ich mußte mich direkt daran festgehalten haben, denn das blut ist so fort in der hand, die kommt wohl gerade erst an, während ich mich schon wieder nach dem koffer zu meiner linken bücken möchte um abzuhauen.
am besten einfach einen schritt nach hinten machen und schon sich zurückfinden im eigenen zimmer, beschließe ich, doch es geht schief, gelandet bin ich im hastigen eindruck, der die uhrzeit nach hinten kippt.

bin wohl völlig fremd hier, keine freunde da, die mich vom bahnhof abgeholt haben, jetzt auf mich hastig einreden und mir dabei den koffer abnehmen, der immer noch merkwürdig festgemacht ist am bildrand, sich nicht losreißen läßt von ihm.
dann muß ich halt ohne ihn gehen, denke ich trotzig, aber verschwinden muß ich, sage ich nun laut, um mir mut zu machen. doch meine fortbewegungsversuche tun nichts zur sache des bildes, meine bewegung stellt sich nirgends fest, könnte man sagen, doch das macht niemand, alle stehen sie nur da und starren schweigend

aneinander vorbei, als ob ihr blick irgend etwas zu tun hätte mit aussicht.

am besten einen zug von hier weg nehmen, doch in welche richtung? rede ich weiter auf mich ein; aber vielleicht gehöre ich gar nicht zu mir, möglicherweise bin ich mir bloß aufgesetzt wie ein leerer truthahn, der immer nur flattert und flattert unter dem hut, der sitzt schon schräg und fällt bald zu boden, wenn ich so weitermache – und einen hut trage ich, so viel ist sicher.
doch warum bin ich dann stets bei mir geblieben und nicht einfach auf und davongegangen, bis ich jemand anderen traf, der mir besser ins gesicht paßte – vielleicht aber bin ich ja auch schon längst weitergegangen mit einer zigarette im mund, obwohl ich normalerweise nicht rauche, und doch spüre ich jetzt ganz deutlich das feuerzeug, das ich noch immer in der hand halte, es darin drehe und drehe, und plötzlich bin ich auch schon wieder bei den anderen draußen angelangt, und wie sie miteinander lachen. ich tue so, als wäre nichts geschehen die ganze zeit über, gehe mit ihnen und den anderen demonstranten dann weiter richtung ku'damm, es gilt sich zu beeilen, denn die meisten haben schon die yorckbrücken verlassen – und knapp vor den bullen zu gehen ist nicht angenehm.
wir finden uns dann ein bei klaus und corla, man spricht dies und das und für einen kurzen augenblick nehme ich bine auf die schultern, damit sie auch mal was sehen kann, ich schaukle sie hin und her, sie quietscht ein wenig, die haare wippen, doch dann ist sie auch schon wieder weg – ich rufe ihren namen, doch der bleibt nur stehen, zieht mich nicht heran, löst bloß das bild ihres bettes aus, das rattert wie immer davon, diesmal die

treppen nach draußen hinunter in die stadt hinein, dort erst fährt es mir durch den kopf, bis ich nicht mehr wahrzunehmen bin. habe mich jedenfalls nicht vorbeigehen gesehen, wie sich zum beispiel aus meinem nachtgewitter ein langer streifen um den morgen gewickelt hat und ich nun unterwegs richtung sieben uhr geräusche in eine fremde luft pflanze, um sie loszuwerden, und dann bleiben sie doch nie hängen –

nein, bin vollständig verschwunden in dieser stadt, da hat sich ein bild verkehrt in mir aufgehalten, das wurde kleiner und kleiner, es lief nach hinten und ich ihm nach – doch irgendwann läßt eben jedes klickgeräusch aus, und dann bleibt die aufnahme stehen oder verschwindet vollständig, das ist sache des apparates, der sie umgibt –

keine augen jedenfalls da, die als gras darüber wachsen könnten, einzig das aussteigen und einsteigen gegen die ereignisse, die leute sitzen auf ihren wahrnehmungshaufen und lassen sich bleiben, auch ich sehe hier nirgends mehr ein geschehen, bin nun endlich aufgetaut in mehreren sorten: als fußgängerin, als s-bahnbenutzerin, als gut verdaute blickrichtung. und rundherum die kleinigkeiten, und wie sie befestigt sind. „angebracht“, sollte man sagen, angebracht und sonst gar nichts, haben sie mich verstanden. würde ich jetzt den s-bahnmenschen anschreien, doch ruhig eingetippt ist das öffentliche leben: *nun mal halblang*, würde er mir antworten wenn überhaupt, und so lasse ich es gleich bleiben, ist auch besser so. denn gleich wird sich der morgen wieder bewegen, alles wird wieder auf schnell gestellt: rundherum nichts als die alte gebäudeschleuder berlin, und *nichts verliert sich wirklich in der luft*, haben sie zu mir gesagt und sind doch dabei geblieben –

werde auch weiter keine zeugenaussage machen, nicht erzählen können, was passiert ist, es wird mir nämlich die ganze zeit über nichts weiter übriggeblieben sein, als ständig da hochzustarren, dort hinauf in den zweiten stock des an den bahnsteig direkt angrenzenden gebäudes, wo ich jetzt noch nichts als eine gestalt am fenster wahrnehme, die geradeaus über mich hinweg auf die stadt starrt, oder auf etwas direkt hinter mir, das wird nicht auszumachen sein in dem kurzen moment, in dem der lärm auf den punkt zurückkommt, der mich beschäftigt – auch kann ich nicht erkennen, ob es sich dabei um einen mann oder eine frau handelt, ob die person alt oder jung ist, und dennoch werde ich mir gleich sicher sein, daß ich selbst es bin, die da hinunterstarrt auf die gestalt am bahnsteig: zu der rechten einen koffer zu der linken ein ausgestopfter sonntag morgen, der platzt gleich – grobe dämmerung setzt ein, rutscht aus in deren gesicht, das macht platz für vorbeigehende fahrgäste, jetzt sind es schon mehr, die aussteigen aus der s-bahn richtung norden, und plötzlich ist sie weg, verschwunden (könnte man sagen).

Reiner Unterhaltungswert & angestrengter Mittelstand

und überall ist himmel versteckt. darunter gelächter. noch gibt es regen. die geeignete geräuschentwicklung hat platz genommen, und auch die zeit ist mit dabei, in ihren fahnen ein hübsches gesicht, wie es manchmal auftaucht und wieder untergeht in der menge der menschen, die sich auf dem platz befinden.

etwas geschieht, als ob das das einzige sei: variationen ungebunden auf den tisch zu legen, und was dabei herauskommt, ist nichts weiter als eine menschenmenge, am ende auch noch aus der u-bahn. vielleicht ist da unten etwas geschehen, und jetzt sind alle überrascht, rennen ziemlich kopflos nach oben, finden wir. aber ein gesicht wird sich noch deutlicher herausstellen, wie das halt so ist in den filmen: man muß zusehen, daß man weiterkommt mit der geschichte, und 1 frau geht immer ab, auch in dieser erzählung wollen wir mit ihr zu tun bekommen, also langsam mal her mit ihr, dalli dalli, oder geht die eine jetzt etwa nicht in dieses café und verschwindet darin, sie bleibt jedenfalls nicht draußen und tut was zur sache, die wir so schön beobachten könnten. doch hier haben wir schon eine neue, wie sie noch auf jemanden einredet, und dann, als ob sie geradeaus wieder wegkönnte, klappt sie plötzlich den mund zu und dreht sich um, und ehe wir's uns versehen, ist sie schon mitten im weggehen. wir versuchen sie zunächst mit allen möglichen mitteln aufzuhalten, (*jochen, mildred&sebastian*) doch sie reagiert so ganz und gar nicht, und schließlich bleibt nichts übrig, als sie auf ihr rad steigen und sie fahren zu lassen mit diesem bißchen verkehrsmittel. schließlich soll es ja

nicht gleich wieder zu handgreiflichkeiten kommen wie beim letzten mal.
wir haben auch nicht die zeit, uns in nebensächlichkeiten zu verlieren, auf diesem platz muß schnell ein neues gesicht aufgeschlagen sein, hat jetzt rote locken das ding, geht auch geradewegs auf uns zu, fast provokativ kauft sie direkt vor unseren augen am obststand ein, man sieht, wie sie ihre geldtasche hat, wie sie flink den rucksack öffnet und die ganzen äpfel und orangen hineinstopft. jetzt muß sie nur noch auf jemanden treffen, und die sache wäre geritzt. am besten ein mann mit leichtem anflug von blick, der sie mit einem kuß auf die wange begrüßen würde, diese durch und durch gesunde medaille von frau. oder die ausgabe eines alten schulfreundes, ein schüchterner endzwanziger, schießt auf sie los, bleibt dann aber plötzlich in seiner wiedersehensfreude stecken, weil sie ihm als zu viel erscheint. los, los, gute frau, wir haben nicht den ganzen tag zeit, triff schon auf jemanden und fang endlich ein gespräch an, kann auch ganz bescheiden sein, ein bißchen unterhaltung bloß, daraus kann man sich dann immer seinen eigenen draht ziehen und fortfahren mit ihm –
aber vor allem: tu es jetzt. *„aus unserer wahrnehmung“, wirft nun jochen ein, „kommt die ohnehin nicht mehr raus, da kann sie gleich aufgeben!“* doch kurz bevor sie ganz aus dem gesichtsfeld verschwindet und wir uns schon gezwungen sehen, jetzt wirklich hart durchzugreifen, bleibt sie plötzlich stehen, kehrt um, holt in einer raschen bewegung den fotoapparat heraus aus ihrem rucksack, öffnet ihn und fotografiert uns, vielleicht, um das foto später gegen uns verwenden zu können, als ob sie damit irgend etwas in der hand hätte. denn was wird man schon erkennen können darauf? nichts. bloße oberfläche, passanten eben in tagesverfas-

sung. nichts eindeutiges am vorübergehen – das scheint auch sie jetzt endlich verstanden zu haben, wirkt sie doch recht abgetreten in ihrer miene, die vorbeigehenden menschen schubsen sie immer wieder nach links und rechts, aber noch hält sie das gleichgewicht aus, in dem sie dasteht, ein gesicht in abwärtsrichtung. *„vielleicht ist sie auch bloß in gedanken?" so jetzt martina* – nein, sie hat verstanden, nicht mehr können wir voll auf unsere kosten kommen, nicht werden wir zeugen werden, wie sie, scheinbar erleichtert, irgend jemanden umarmt, der auf sie plötzlich zugekommen sein wird, und sie brav eins nach dem andern in handlungsabfolge an uns abtreten läßt. nichts mehr wird geschehen, das sich in knappen dosen zu uns verhält – alleine ihren fotoapparat packt sie noch zu den äpfeln und orangen, die finger nesteln nervös am rucksackverschluß, alles deutet darauf hin, daß sie gleich verschwinden wird – jetzt wäre aktion angesagt, doch jeder starrt nur den boden zusammen zu seinem eigentlichen gegner, zwischenrufe gibt es keine mehr, beinahe ängstlich beschließen alle den raum. weder jochen noch maria noch silke werfen sich ins geschehen, sondern mit einem male kleine blicke in meine richtung. *„mach' auch mal was, du", sagt mildred dann, „mach auch mal was."* und ich hab ja auch nicht nein gesagt, bin eben aufgestanden und schon mitten im geschehen, doch in dem so gut gesehenen ort kenne ich mich plötzlich nicht mehr aus, ich finde das mädchen nicht mehr, um das so viel aufhebens gemacht wurde, in einer gegend stehe ich da, fein verlassen von dem rest. kein noch so rascher zettel wird mir zugesteckt mit dem bißchen zusatzinformation, das ich noch bräuchte, um voll durchzustarten. immer wieder meine ich ja auch, ihr rotes haar durch die menge leuchten zu sehen, doch ständig verschwindet es wieder – schnell verlasse ich den platz, der ansteht als u-bahnstation, und begebe mich auf eine stundenlange suche quer durch die stadt, um sie wieder in szene setzen zu können. inzwischen hat es zu dämmern begonnen, bald wird gar nichts mehr zu erkennen sein, schon findet das große häuserklemmen statt, darin der regen ist in eisregen übergegangen, und mir ist scheußlich kalt. warum bloß habe ich mir auch die für diese jahreszeit völlig unpassenden schuhe angezogen, jetzt werde ich mir nur noch eine saftige verkühlung abholen können, sie jedenfalls werde ich wohl nicht finden. ich weiß auch gar nicht mehr, wie sie aussieht, sie ist einfach schon zu lange her, mein auge spricht im kopf nicht mehr von ihr.

unterbrechungen hat es klarerweise immer gegeben in meiner erinnerung, jetzt aber ist mein vorstellungsvermögen völlig am ende, nur ein verschwommenes bild von roten haaren ist noch hängengeblieben, und weiß gott, in dieser stadt gibt es da nicht wenige möglichkeiten.

doch dann denke ich mir, schon völlig erschöpft vom herumirren, warum mich fertigmachen lassen für das bißchen geld, das ich bekomme, für die kleinigkeiten, die man mir versprochen hat, von denen ich aber noch nie etwas gesehen habe, geschweige denn überhaupt daran glaube. was interessiert mich die dumme kuh, die mit ihrem fotoapparat herumhantiert wie eine pubertierende, die auf nichts als den kunschtcharakter ihres blickes aus ist, weil ihr sonst nichts bleibt im leben, was herausfallen kann aus dem übrigen einerlei, dem wir ja alle selbst schon zur genüge aufsitzen. warum mich von dem ihrigen noch zusätzlich an der nase herumführen lassen, wenn am ende ohnehin alles um-

sonst gewesen sein wird, denn das zurückkehren ist mir sowieso unmöglich geworden   in diesen verhältnissen einmal abgestellt, erkenne ich jetzt, bleibt man darin nur noch über.
das wichtigste, sage ich euch, die ihr mich besser verstehen werdet als der ganze rest, der nur auf den bloßen unterhaltungswert einer angelegenheit aus ist und in stumpfsinniger manie aus allem den bildschirm noch herauslocken muß, ist keinem aus deren reihen zu begegnen, zu denen ich mich nicht mehr zählen will.
bald werden sie mich ja suchen lassen, sie werden auf-teufel-komm-raus leute nach mir ausschicken, die mich fertigmachen sollen.
dagegen wäre auch nichts einzuwenden, mögt selbst ihr dazu sagen, aber ich weiß, meist haltet ihr es in diesen fragen nicht mit den andern, ihr kommt da auch zu eigenen entscheidungen, außerdem

kann auch ich mit menschen sprechen wie nie zuvor in geschwindigkeit mich durch die stadt bewegen in pausenlosen unternehmungen stecke ich schon fest zu hause fest auf der straße bin ich beinahe gleichzeitig durchschossen von den unsinnigsten ereignissen, die ich herbeiführe an zwei stangen an zwei menschen wie an einer leiter hangle ich mich durch meinen tagesablauf, schon ganztagsmensch geworden, denn keine ruhe wird mir gegönnt in meinen pullovern in meinen hosen blinzle ich noch durch jedes sonnenlicht, jede sekunde zerrissen durch volle anwesenheit meinerseits ganz entschieden   bin ich dabei, wenn die liebe gleich hinter der ersten kurve aufkreuzt und in der nächsten versuche ich mit der arbeitslosigkeit klarzukommen, zunächst kein geld da, nur haufenweise familiengeschichten, um mich herum der terror der generationen. in arztpraxen laufe ich, um mir anhören zu können, wie kaputt meine niere ist und wie schwanger ich schon wieder bin, daneben steht die karriere nie still oder doch, das ist nicht mehr auszumachen in diesen zeiten   nur nicht hudeln, sagen die ärzte, die nichts begreifen von meiner lage, schließlich aber kann ich erkennen, daß auch der schlaf als handlung von ihnen akzeptiert wird, hauptsache die träume stehen fest und kommen gut.

als ich nämlich einmal in einer stehkneipe an der seitenwand lehnend die augen kurz geschlossen hatte und sicherlich für einige minuten völlig abgetreten war in die bilder meines kopfes, ist auch niemand vorbeigekommen und hat mich mitgenommen, nein, nachher war ich noch ganz da im geräusch der kellnerin, die mich fragte, ob mir denn was fehle.
seitdem habe ich wieder zu schlafen begonnen, zunächst ganz zögerlich, doch bald schon glaubte ich mich der erholung richtig auf der spur und dachte sogar daran, auch das licht auszumachen, aber wenn ich ehrlich bin, kam ich nicht gerade weit damit: mein kopf verstand den schlafzustand nicht mehr, es war immer nur ein hektisches herumgedöse, eine mit dem zeigefinger rasch heruntergekratzte ruhe, was dabei herauskam,   blieb die verzettelung in kurzen träumen, aber davon später. jedenfalls eine zumutung für die augen, die flatterten dann wie verrückt im kopf herum,   geflügel nicht ausdauer   nicht hineinzubegeben in die oben schon angerissenen träume auf längere zeit, nur kurz hielt ich sie aus, wie sie bild für bild durch sämtliche häute meines kopfes gingen und alle flachlegten. und so begab ich mich wieder in den vollkommenen wachzustand, wobei ich mir sicher bin, das der euch nicht mehr lange interessieren wird, ihr wollt gewisserma-

ßen spannung – beschauliches stück reh vor augen, das leben kotzt, ist zu wenig, auch ist mehr der kritische unterton euer ding als das durchschnittsflattern eines ablebens, das ich jetzt schon zu inszenieren beginne, um irgendein interesse bei euch noch erwecken zu können   der ganze anfall vom ende also, aus dem ihr aber sowieso nur gewisse stellen, wenn überhaupt, sehen wollt, und so kommt alles schnell zustande, die szene im café jolesch in knappen einstellungen: ein hin und her der bilder von der kleinen kaffeetasse, in die das stück zucker fährt, der zigarette, die plötzlich eingeht in rot   das knistern der kamera ist überaus zu hören bei der durchwahl ins gegenüber an meinem tisch entstehen blickwinkel, die es in sich haben, nicht bloßes schuß-gegenschuß-modell oder dererlei filmische platitüden abhandeln, und ich trotz oder aufgrund dieser ästhetik es an sentiment nicht fehlen lasse, im gegenteil es großschreibe mit dem filzstift aus der ach-so-anderen welt in farbe natürlich, von allen seiten zugleich davonfahre, aber in mustern, die so richtig die suppe von muttern mit krümeln wieder auftauchen lassen, zum anhalten auf dem weg ins universum   der kurzweiligen dinge –

an dieser stelle möchte ich einen moment lang innehalten, denn ich kann mir durchaus vorstellen, marta, daß gerade du ganz und gar nicht dieser meinung bist, du wirst dich vielleicht in schnellen bestellungen nicht verlieren wollen, was deine wahrnehmung betrifft, du wirst vielleicht auf langsamere inszenierungen ansprechen, die behutsamer mit dem umgehen, was du deine wahrnehmung noch nennst, die dich aber, wie bewiesen ist, in diesen zeiten immer schon längst überholt hat, habe ich mir auch gedacht im café jolesch, als ich seitlich vorbei an meinem gegenüber, das mich ohnehin nur noch zu langweilen verstand, blickte und plötzlich und doch überdeutlich doch glatt die person im blickfeld hatte, wegen der ich so aufs kreuz meiner geschäftigkeit gekommen war, das ist also der schlußclou, nach all der zeit im café jolesch so einfach auf cora zu treffen, die rote frau vom platz, auf einmal ganz drin im bild, natürlich gealtert, auch kein fotoapparat mehr, dafür wangen voller rouge, wie man es so hält mit den frauen im film – nicht lachen nicht weinen sondern einfaches beherrschen der situation, dachte ich mir und machte mich ganz arglos an diese meine letzte chance heran, endlich könnte ich einlösen, so meinte ich, was das schicksal mit mir gemeint hat, und ich sage dir marta, und dir gilt diese ganze geschichte, dir erzähle ich sie wie keiner anderen, denn du warst die einzige, die damals nicht dabei war, als sie mich losschickten um die frau, du hättest mich dem nicht ausgesetzt, was nur schiefgehen konnte von anfang an – deswegen darfst nur du jetzt beobachten, mehr noch, du mußt mir jetzt zugucken, wie saftig ich auf die tube mit meiner ganzen anwesenheit drücke, wie schnell ich sie als mann anspreche, mit dem blick sozusagen auf sachlage schlage ich ihr eine liebeszene vor, doch sie lehnt rundweg ab, kapiert nicht, daß es dazu kommen muß, nein, ihre ganze ausdrucksstärke legt sie in ablehnung meinerseits, die dumme kuh macht nicht auf matratze, sie bleibt stockfisch, wie man in meinem heimatdorf immer gesagt hat, das ich im übrigen niemals mehr besucht habe, und rührt auch nicht in ihren augen um, trifft da niemanden an, erkennt mich nicht, natürlich, wie sollte sie auch, denke ich mir, doch kaum, daß ich ihr den ernst der lage erklären kann, steht sie vom tisch auf und raunzt mich an, ist halb

weg, halb wütend, ich laufe ihr nach, hake mich bei ihr ein, erzähle ihr irgendwas in der manier einer drohung, sie aber stößt mich abrupt fort, mit meiner zierlichen statur wird da wohl mit gewalt nichts zu erreichen sein, da habe ich als mann auf ganzer linie versagt letztendlich, die chance, mein leben wieder in ordnung zu bringen lief in ihrem undurchsichtigem grinsen vorbei, das sie noch hatte im gesicht aus ängstlichkeit oder war es gar wirkliche freude über meine vollkommene aussichtslosigkeit, ich erkannte zu spät, wo ich mich befand, in den händen einer durch und durch gerissenen *aus deren reihen*, marta, hörst du marta, *sie* sind es gewesen, die inszenierten, von anfang an waren sie mit ihrem deckweiß einer fahrigen gestaltung vor meine handlungen gefahren. weiß jetzt auch, marta, warum du nicht dabei warst damals, warum du auch jetzt nicht zugucken wolltest.
das sterbende tier kann sich verziehen, hast du mir jetzt eben in deinem fortgehen noch zugesteckt auf deine weise, natürlich in anderen worten, das hier sind meine, soweit kann ich noch gehen, das als das meine zu behaupten, was die sprache angeht. und jetzt, wo ich auf das ganze zurückblicke, bleibt mir ohnehin nichts mehr übrig, als mein dasein als eine existenz am bloßen papier zu betrachten, reine oberfläche in drucksache und keinen schritt weiter.

Aber unter Wasser

immer mehr schwimmer verschwinden im wasser. der hals hört auf, und darüber bleibt nur mehr der kopf, das gesicht zuckt noch eine weile, danach verschwindet es auch. im kühlschrank geht es dann weiter, alles mit ablaufdatum versehen und in lebensdauer verpackt. das ist das schreckliche: wie die dinge auf der hand liegen und daneben ihre ganze zeit abläuft. hans hat man da gesehen, als er sich am schopf packte und raus aus der ganzen sache wollte. mit haut&haaren hat es angefangen, jetzt sehen wir ihn, wie er am anderen ende der leitung herauskommt. lauter kleine papierschnipsel sind es, die man von ihm jetzt noch in der hand halten kann oder sie auslassen übers brückengeländer, quer durch die luft in die tiefe hinein, bis der dicke fluß das seinige tut. doch immer noch ganz der radfahrer, der auf der stelle zu treten weiß, wenn es darauf ankommt, sieht man ihn bald wieder auftauchen in lisas gesicht. mit berechnung hat das nichts zu tun, im gegenteil, eher schon mit einfachem richtungswechsel.
ausgerechnet in ihren blicken will er nun zu hause sein, wo doch ihr körper nur das 1-personenstück ist, das er sich ausrechnen hätte können, hätte er einmal ordentlich hingehört, doch er wollte nicht hören, er wollte nur lesen, in seinen sachbuchentscheidungen weiter zu hause sein, seite um seite beflissen in ratgebern versinken, die ihn immer ein wenig zum besten hielten. altwerden wird er jedenfalls nicht dabei, so viel steht fest, denn sie ist eine, die gelernt hat, den dingen aus dem weg zu gehen und sei es auch nur auf zeit der schublade den rücken zuzukehren, in die sie ihn jetzt schon steckt

in kleinen dosen zunächst und bald ganz, mit einem kräftigen knöchelschlag wird sie ihn letztendlich beiseite räumen, danach einzig fachmännisches vorübergehen ihre sache werden lassen, wenn er dasteht in der bank, die ihn um einen kopf kürzer zu machen versteht. ganz entgegen der mode in schulden verschwunden der kerl, wird es dann heißen, während sie raus ist aus der geschichte und angekommen im rest der welt, in dem sie bleibt, ohne sich weiter in diesen dingen groß zu verhalten.

tauchen I: \halbschlaf

radfahrer vernehmen wir in der schleife: viel verloren, viel verloren unterwegs, rufen sie uns zu, mit zähnen bewaffnet sind wir quer durch die landschaft immer in der alten frage: wie den nächsten morgen erreichen, ohne viel zeit dabei zu verlieren. auf keinen grünen zweig sind wir in dieser angelegenheit gekommen, einzig am straßenrand stand das leben, und niemand winkte aus ihm heraus. so überließen wir uns ganz dem grinsenden augenblick, der uns ritt, und nie mehr dachten wir an den guten anfang zurück, in der stadt, als uns noch jedes büro nicht blau genug war, das wir durchfuhren – jede glasscheibe galt es schneller zu überwinden, um zu dem gesicht dahinter zu werden, immer vorwärts hieß das studium, das uns betrieb.
schon damals waren wir in dem augenfehler gut zu hause: alles bewegt sich nur nach hinten und schluß damit. sicher, immer wieder hatten wir mit menschen zu tun, sie besetzten unsere gehörgänge regelrecht, und so begannen wir zuzustechen, wie hüte flogen sie uns von den köpfen – doch das führten wir auf die windstärke zurück, die wir für unsere umgebung hielten, erst viel später fanden wir uns auf dem rennrad wieder, schon längst waren wir da zu unserer augenbewegung geworden. und schnell ist man durch die allee gedacht, schnell ist sie in die knochen gemalt, sind es ja immer wieder die geraden linien, die einen aufbrauchen. normalerweise kommt man ja auch nicht rascher vorwärts, als der körper es tut, wir aber können ihn bei der nase nehmen, und gleich geraten wir wieder an die stelle mit den kleinen zähnen: im autounfall bewegt sich

nicht viel, heißt es, und schon sind es wieder unsere körper, die draufzahlen. doch nichts geschieht weiter, das band springt nicht heraus, die geschichte ist nun mal eingefädelt und findet statt, und so ziehen wir uns langsam daran hoch, treffen auch schon auf euch und beginnen erneut loszuerzählen.

tauchen II: \geisterbahn

bis der nachmittag versteht, was der morgen gemeint hat, dauert es noch eine ganze weile in dieser gegend, also könnten wir ruhig noch ein stündchen bei jonathan im zimmer sitzen und der sonne zusehen, wie sie ihre zwiebeln durch die jalousien hereinschneidet.
sicher, er hat uns nicht gebeten zu kommen und im sofa zu versinken, bis es uns knie macht, er hat uns noch nicht einmal mit einem kleinen wink seines zeigefingers zu verstehen gegeben, wohin ihn unser besuch bringt. zum beispiel ins schwimmbad. warum sollte einer nicht richtung schwimmbad verschwinden wollen, sobald er von unserem eintreffen hört, und dann kurz vorher doch noch abbiegen, der öffentlichen badeanstalt den rücken zukehren, um sich lieber rechtzeitig in eine gesicherte position zurückzuziehen.
ja, schnell findet man sich in einem bankkaufhaus wieder und verdient dann geld ohne ende, unterbricht mich jetzt erika, die es nicht weit bringen wird mit ihrer sturmfreien bude, sie wird noch aus ihrer wäsche heraussschauen nach all den jahren des nichtstuns, der schlamperei, und des künstlich verbesserten lebensstandards, schon jetzt steht sie da mit nichts als schulden und keiner ausbildung in der hand. einen lebenslauf zusammmenbringen heißt es für sie jetzt, es gilt, die zähne zusammenzubeißen, bis sie den richtigen namen aus der verpackung reißen können, diesen dann bei der stange zu halten und ein gesicht dazu zu schneiden. das sitzt. doch was tut sie? ein abstand zum meter beherrscht ihr bein – sie kann sich ja nicht einmal den eigenen kontostand vor augen hal-

ten, beginnt jetzt auch manfred sich einzumischen, wechselt aber rasch das thema, da es bei ihm auch nicht gerade rosig aussieht mit der nächsten miete.

die karriereleiter wird eben nicht nur anhalten, sie wird sich auch immer stärker durchdrücken im gespräch, je näher man auf die dreißig zugeht, aber das tut hier keiner, alle bleiben wir einfach weg und glauben, damit sei die sache erledigt. aber schon hat das gute tier „pluspunkte-sammeln-im-leben“ seinen bogen um uns zu ende beschrieben, jetzt steht es da und glotzt uns an aus zerstörten augen, erwartet wohl irgendeine handlung oder denkt sich selbst eine aus – klar ist jedenfalls jetzt schon, wer haare lassen wird: sind wir nicht schon ganz weggeblieben von uns, wie leergefegt unsere arme, von den mündern gar nicht erst zu sprechen, verlegt müssen sie werden und zwar ganz nach außen, auf die andere seite, wo niemand mehr zuhört, und zubetoniert der rest. im grunde ist gar nicht mehr von uns zu sprechen –
da ist es schon besser, mal heimlich ein buch zu lesen, es aber rechtzeitig abschalten zu können, sich danach umzudrehen und einfach weiterzuschlafen, so habe es auch ich gemacht in meinem zimmer, aus dem ich jetzt so ganz ausgezogen bin mit allem drum und dran, nicht einmal eine nachricht habe ich euch hinterlassen, aber wie sollte ich auch, existiert ihr für mich ja nur mehr am papier, und wenn überhaupt, erinnert doch nichts an euch, wie weggewischt das ganze, kein boden bleibt mehr unter den füßen stehen, die eure sein könnten, die meinigen gehen auch nur mehr in richtung ellbogen, die es zu begleiten gilt. man darf sie schließlich nicht alleine verrichten lassen, wozu der kopf nicht fähig ist.

tauchen III: \legende

es muß doch etwas aus uns werden, haben wir uns die ganze zeit über gedacht, die ganze zeit über sind wir im wohnzimmer, oder was wir so nannten, gesessen und haben uns gedanken darüber gemacht. aber im grunde wollten wir uns alle von anfang an nichts als zur ruhe setzen, wir wollten das glas klingeln hören, das wir mit dem geld verwechselten, wir wollten uns in ein fertiges musikstück setzen und schluß damit. doch einzig zahlen waren fortgeschritten, das fünf-punkte-spiel, wie es sich rasch einstellt: hast du einmal nicht aufgepaßt und getrödelt, dann steht da schon der erste punkt, den du verlierst, bist du einmal am falschen ort gelandet und hast deswegen zeit verloren, kannst du dir den zweiten abschreiben. verlierst du dich in gedanken, reißt der geduldsfaden dir oder träumst du von endlosen zahnreihen mit büchern dazwischen bis der ganze tag vorüber ist, dann kannst du den dritten suchen gehen, am schlimmsten aber sind augenblicke (blinzeln), gesichtsgewicht, schrittweise statt lebenslauf, und schon hast du die beiden letzten verloren.

von müttern und vätern gut versorgt mit vorsätzen sind wir nur die großen straßen abgegangen, die mit geschäftszeilen und nichts dazwischen. unter dem herzen das augenlicht, das blinkt. die geselligkeit sei auf halbem weg zu erreichen und danach schleunigst wieder zu verlassen, am besten in einer arbeitsgruppe, stand in einer der broschüren, die uns täglich erreichten, kein augenwinkel dürfe dabei mehr frei bleiben vom eigenen vorteil, in viererreihen sollte die erinnerung über uns kommen, wenn das studium es erfordere, hieß es weiter in dem buch, das um uns zu wachsen schien wie ein hohler zahn, nicht anzufassen das ding –

lange noch sind wir im wohnzimmer gesessen, oder was wir dafür hielten, jeder mit einem buch in der hand, und immer wieder mal ging einer nach hinten zur kammer, wo der eingefleischte prüfer saß, die mannschaft, wie wir ihn nannten. und dann ging es los, mit immer denselben fragen: sind sie vorangekommen? haben sie durchgehalten?
manche gingen zwischendurch zur toilette, andere wiederum fühlten sich einen augenblick in der küche wohl, tranken ein bierchen, die meisten aber arbeiteten wie verrückt, niemand verließ den wachzustand freiwillig, bis es zu spät war.

es war letztendlich wohl dieser werbespot mit der jungen eiskunstläuferin gewesen, der uns immer schon gefangen gehalten hatte: die schlanken linien im gesicht, sprach sie sich während des kurvenziehens einen kurzen geburtstag aus, man sah ihr das gesicht an, das sie sich vermacht hatte oder von der mutter herangetrieben, die dann plötzlich daherstand in form einer trainerin und ihr das wetter ansagte, das sie beherrschen sollte. an jenem abend aber glaubten wir stattdessen nur mehr mißmut aus ihrem gesicht ablesen zu können, sie sah nicht so aus, als würde sie den keks entgegennehmen wollen, den ihr gleich die gute frau überreichen würde, nicht schien sie anteil an dem strahlen zu nehmen, das sich über die bildfläche zog als untermalung ihrer freude darüber. nein, sie sprang einzig in unsere augen und verschwand dann mit ihnen richtung unzufriedenheit. doch dem war einiges vorausgegangen. schon längst

hatten wir erkannt, daß uns keine arbeit mehr annehmen würde, was wir auch waren: geisteswissenschaftler, naturwissenschaftler, diplomierte bergziegen, absatzmärkte oder das schlichte glockenläuten der industrie. schon längst hing das feste auge unserer väter nicht mehr auf dem nagel, der da rollte quer durch die industrielandschaft, kein acht-stunden-tag mit veranstaltungspflicht fürs wochenende nahm am kopfende der couch noch platz, auf der wir stunde um stunde verbracht hatten, um unsere augen in die richtung zu frisieren, die stimmte. nein, wir waren ganz in betriebslosigkeit entlassen. und so kam eines zum andern und schließlich war es ganz aus.
sicher, mit uns war auch früher schon mal der faden durchgegangen, die mundatmung, sicher, wir hatten mühe gehabt, nach den abschlußprüfungen gleich aufzuspringen und aus dem wohnzimmer zu stürmen, um uns die welt anzusehen, nein, nichts haben wir mitbekommen von ihrer allgemeinen lage, erschöpft blieben wir lange liegen in halben arbeiten befindlich, während uns die laufbahn ganz flöten ging. doch all die langatmigen computerkurse halfen da auch nichts mehr, die telefonausbildungen, in die wir schräg einstiegen, nicht, und selbst die einwandfreien taktlosigkeiten vor verkehrsbeamten brachten uns keinen schritt weiter. man sprach vom allgemeinen stellenabbau, von der wirtschaftspur, die ihnen immer mehr verlorengegangen wäre und jetzt müsse man erst die zähne zusammenbeißen, um sie wiederzufinden –

zunächst ließen wir uns alle im stich, manche stiegen aus, andere wiederum verbrachten ihren rücken und kamen letztendlich in einen zustand, in dem sich nur die krankenkasse ungemein beliebt machen konnte.

irgendwann aber kamen wir wieder auf uns zu sprechen, und so fanden wir uns plötzlich im wohnzimmer wieder mit besagter eiskunstläuferin vor augen. während wir ihr früher bloß zugesehen hatten, wie sie weiterging, während wir früher ihr ohne zwischenrufe den daumen gehalten hatten in ihr ordentliches fortkommen hinein, wollten wir jetzt nur noch, daß sie endlich ihren hut nahm, daß sie plump gesagt, aufstünde und raus aus der sache, die sie so im ablauf hielt. doch sie ist immer nur weiter in ihrem bildschirmleben kleben geblieben, dicht im üblichen geschah nichts mit ihr, was sie aus der bloßen fortwährung entwickeln hätte können.
daraufhin beschlossen wir, uns ganz ins wohnzimmer zurückzuziehen, ja, uns geradezu einzuschließen und gar nichts mehr zu unternehmen. jedenfalls haben wir uns über bord geworfen und sind dort geblieben. verweigern jetzt jegliche zustellung der post, jegliche annäherungsversuche von karrierefachleuten kommen bei uns nicht an, das hermetisch abgeschlossene gesicht ist uns nicht mehr ganz fremd. und wenn jetzt manche von ihnen denken, selbst daraus ließe sich noch eine menge geld schlagen als in form einer sekte oder anderweitigen freizeitversenkung womöglich – doch meine güte, diese zeiten sind vorbei, nicht mehr stellen sich firmen her wie über nacht mit nachfrage – nein, man hat ganz allgemein federn gelassen und es hilft auch nichts einzuschlafen und zu hoffen, man wache genau im zustand vor zehn jahren wieder auf und bleibe dann dabei – denn selbst das hatten wir versucht, und was ist dabei herausgekommen? jedenfalls bestellte sich die zeit nicht milch dazu, uns zuzusehen, wie es schließlich mit uns zu ende ging.

tauchen IV \haustiere

das huhn in der heizung bewegt sich heute wieder entscheidend. glaubt ihm kein wort, glaubt ihm kein wort. es hat sich letztendlich geweigert mitzumachen, es ist der anlaß zu großem ärger gewesen, und wenn es jetzt noch so versöhnliches zeug daherredet, ist ihm nicht mehr zu trauen. schließlich wollte es mit uns nichts mehr zu tun haben, es wollte uns nicht zur hand gehen, als uns die allgemeine situation ganz schön hängen ließ. kam es früher noch aus sich heraus, hielt es die wirtschaft durch bloße anwesenheit so am laufen, so hat es sich in jenem moment, als wir es dringend benötigten, ganz zurückgezogen. mitten im hemd hat es uns sitzen lassen, in drei rückwärtsschritten hat es uns von allen weiteren käufen abgeraten und sich dann bloß verdrückt richtung installationsanlagen.

ach schenk uns doch eine notoper, her mit einer notoper, schrien wir ihm damals noch zu, bis es zu spät war und es alles für sich selbst verbraten hatte. jetzt haben wir keinen notgroschen in sachen sinn mehr nötig, was das huhn betrifft, sind wir ganz fertig. wir haben uns längst eine nachbarin zugezogen, die gut rechnen kann und mit ihr einen pakt geschlossen. längst telefonieren wir wieder ohne ende und querbeet, wir werden uns dabei sicherlich nicht mehr in fragen aufhalten, die das huhn angehen. doch es läßt nicht nach in seinen geräuschen, da können wir es noch so fest nach hinten knüllen in unseren ohren, es hält uns dicht an der stange, über die es den raum bricht.

zumindest die rechnung soll es jetzt serviert bekommen, die es bedient hat jahr um jahr, doch was kann da noch geschehen?

ein streifender hase quer übers bild bliebe da aufzutreiben, einzig ein plüschtier mit steifen ohren kann da noch abhilfe schaffen an unserer stelle, das am besten quer durch die wand eintritt direkt in unsere stille hinein und mit den langen weißen zähnen sämtliche kabel und rohre durchbeißt, die das huhn betreffen. mit seinen ohren schließlich schluß macht mit ihm auf seine weise durchstartet in unserer sache. doch das kann noch dauern, nichts ist von so einem vorgang wahrzunehmen, kein stück hase in diesem raum zu sehen nur der weiße putz, der seinen weg nicht kennt, geht geradeaus darauf zu. ein mieses nebeneinander von zeit und raum eben. wir sind ganz angehalten uns anderweitig zu beschäftigen und kommen wieder auf die stubenfliegen zu sprechen, in die wir jetzt langsam zurückkehren als mahlzeit. so ist es eben, man hat keine richtige handhabe.
und falls es jetzt auch noch zu regnen beginnt, hört sich sowieso alles auf.

Ein lichtdurchlässiger Kopf & ein Scheuermittel

du hast dir ja da wirklich kein bein abgebrochen dabei
jetzt zeugnis in der hand nach jahrelangem studium
endlich nun der abschluß als wäre er dir nachgejagt
deine augen in starren taschentüchern auf immer ver-
borgen jetzt geht es nun weiter mit viel lineal im kopf
die hand wie sie steckt in einer hosentasche mal sehen
wie menschen rückwärts gehen *(hast du gesagt jetzt*
ein anzuredender jetzt einer) –
du hast dir dabei ja wirklich kein bein abgebrochen
nur mal das eine oder andere gesicht verwechselt bei
anrede geschieht nicht viel und doch bleibt alles beim
alten wie es war kein kopfschuß ein zirkel

nur ein nasser sack papierunterschriften war es zunächst / dein lächeln / wie aufgeschrieben. doch der kopf hat platz, mehr muß nicht sein.
dein weg hat jedenfalls keine zeichnung von sich gemacht, er schreibt sich nicht auf, spurlos gehst du an dir vorüber, winkst nicht einmal, wie es bei pfarrern am land so üblich ist / auf fahrrädern / sieht man sich gerne zwischen den heuhaufen ins unbewußte radeln, dort steht ein zweifamilienhaus: die eine partei verboten, die andere läßt sich nicht sehen, doch alle wissen sie bescheid. du sitzt zwischen dir, spielst die flöte / im kreis / wird gereicht ein lächeln wie am amt nur dein vater fällt auf oder die mutter, wie man es nimmt, hebt sich ab vom hintergrund, nicht aber die reklame von gegenüber, die tagtäglich mit deinem gesicht würfelt, nicht aber das straßenbild hinter der jalousie, die auf

und zugeht im nervösen fingerspiel um deinen fortschritt.
in kurzen zügen hast du jeden winkel des gesichts ausgeleert richtung eltern, dann verhalf dir die analyse zur frau, die pferde stehlen kann aus deinen ohren und sie bleibt auch dabei – wir aber werden uns schon nicht mehr sehen, frank, keine zeit, hast du gemurmelt und bist dabei kurz über die finger gefahren, die entlang deiner launen richtung morgen zeigen.
jetzt kannst du dich tagtäglich anhören, deine meinung zu allem usw. plötzlich wieder ganz auf kindheitsbasis, über all die jahre hinweg zogen diese fäden unsichtbar vorüber, jetzt hat es dich wieder / das netz / beginnt härte über dein gesicht zu ziehen – nylon, denke ich mir was sonst hält so fest die augen zusammen und in windrichtung. da bläst es dir nun voll ins gesicht, bläst voll das gesicht auf, bis es die größe einer tomate oder eines rückspiegels verträgt als vergleich sitzt du noch / daneben / ein wenig zur fernsteuerung geraten, liegt dir noch was an deiner seite. manchmal drückst du noch darauf und es erscheint vorne dein bild – flimmern tut ohnehin alles wieso nicht auch ich, hättest du dich vorhin beinahe entschuldigt, jetzt rutscht nur noch der orangenfarbene lippenstift aus in ihrem gesicht – „dieser ton steht dir nicht gut", rufst du stattdessen ihr zu, damit das gefühl wieder stimmt, auf dem immer wieder das wesen an deiner seite ausrutscht / an deinen lippen / hat sie sich aber sauber aufgehängt, die ihren bleiben am liebsten in stellung / in orange / auch abgetaucht das abendlicht von ihr schlecht ausgestrahlt.
„und doch muß man sich ja auch zeigen können", schreist du, gut zu hause und keinen schritt weiter und in einem fort in das gesicht deiner kollegen, dort verbringst du deine tage im theater neben zahnärzten und

tiermasken / ein gebäude / ziehst du nachher rund um dich hoch, du nennst es restaurant: man hat heute wieder botho strauß zu sich genommen oder war es griechische suppe, jedenfalls war alles so wunderbar vorhanden vom sinn bis zur austauschbarkeit die ganze welt verstanden bis ins letzte eck hinein ein abendland gewischt hat es uns wieder, das kann sich schnell ausbreiten über dein gesicht, nicht auszuhalten, wie gerade du über den mund fahren kannst, daß keine spur mehr übrig bleibt davon.
auch die technik sitzt dir auf den flügeln, sie sitzt, wo sie sitzt, als boden hockt sie in der theorie als schmuckkästchen – nicht von menschenhand ist sie jedenfalls, aus der natur heraus ist sie gefischt und von nöten jedenfalls taucht sie auf. und schon spazieren machbarkeit und machbarkeit hand in hand quer über unsere gesichtsflächen, und jedes nein eigentlich konservativ lächelst du, doch eigentlich arbeitest du an anderen dingen, zum beispiel an dem vater-sohn-konflikt der weimarer zeit, oder das großstadttrauma zwischen den kriegen.
du weißt bescheid über die großen türen und die kleinen, die man aufdrehen kann oder durchdrehen bis die linie entsteht in der runde, die ohnehin nur mehr dich enthält. bleibt nur mehr das tägliche kleinschreiben in rätseln, die du dir stellst z. b. meine anwesenheit – und wie so manche menschen direkter aus ihrer geschichte herauszukommen scheinen als andere, das ist das eigentlich verwunderliche hier, daß es solche wie dich noch gibt, daß es immer weitergeht, daß du so vorhanden bist. vielleicht sind andere traditionen einfach nicht so oft besprochen worden in romanendlosschaltungen, oder der lichtbildeffekt funktioniert bei anderen schlicht nicht, das wirkt dann immer so her-

abgehudelt, nur bei dir ist ja die große portraitschaltung bekanntlich immer angestellt, nicht auf sturm, aber immerhin geradeaus blinkt sie uns ins gesicht, und uns bleibt es dann übrig, es mit einer frequenz aufzunehmen, die stets schon gewann.

das alles abgesteckt mit taschentüchern, steif und zerknüllt läßt du sie zurück in der landschaft wie menschen geben sie einen moment lang ein verwaistes bild ab, doch schon greifst du zu weiteren bildern aus. es ist halt so, daß nur die leute, die sich nicht entziehen können, deinen tag bestimmen. der rest geht flöten, wie du dir sagst / im spiegel / schon wieder gesehen das ganze gegenüber. ein bißchen blasser werden herrschst du es an, doch es antwortet nicht.

strohmann

gegen diesen filzstift ist kein ankommen, das stroh im kopf sitzt fest, vor langem ist da wohl ein halm nach dem anderen hineingesteckt worden, und jetzt sitzt es fest. niemand kann daran ziehen, ohne es mit einer ganzen flut an strohhalmen zu tun zu bekommen, hat er zu mir gesagt, denn das geht so wie beim mikado: du hast verloren, wenn es wackelt. und das tut es immer in deinem leben, gerät irgend etwas nur in bewegung. deswegen binden sich so viele an einem körper fest, bevor sie die sache angehen,

wir haben besuch gemacht, wir haben so getan, als ob der busch noch steht, in dem unsere kindheit versteckt ist, und sie plötzlich da herausspringen könnte, einen von hinten anfallen und zu tode erschrecken. nein, besser man ist dann zu zweit und weiß sich an der hand zu halten –
wir haben so getan, als ob man noch von den maiglöckchen sprechen könnte, die wir so in unser haar hinein und dann gewartet haben, bis sie austrieben, und wir dann endlich erwachsen würden, doch was passierte: immer klein sollten wir bleiben, immer als kind aufbewahrt haben wir uns in unserem gedächtnis und in dem gespräch, das wir an jenem abend führen sollten, da sprang es heraus und lief davon mit hochrotem kopf, mit nichts am kopf lief es davon.

ich war damit beschäftigt gewesen, ein langsames papier aus der hand zu drehen, mit einer unterschriftenliste darunter, dem stempel der universität dazu, und das

alles zusammen sollte nichts als nur meiner sache dienen, dem gültigen fortschritt, (man sitzt eben in einem tigerkasten fest und gefriert mit ihm, das ist alles) während er die straßenwand entlangging. man traf sich so, machte einen termin aus (meine seite) und beschloß den besuch (seine seite).
ich stellte mir nicht vor, wen ich erwartete, war geschäftig, rannte die straßen in meinem kopf auf und ab mit der papiersäge. ein klopfen im kopf war es, das mich aufhorchen ließ, ein klopfen gegen die stellwände darin, wie ich es nannte, das immer stärker wurde, und dem abhilfe zu schaffen war. er kam gerade recht.
diese unterhaltung gerät uns ja zu einer ohne musikbegleitung, so dachte ich mir bloß, als er das stroh im kopf so stecken sah, wo ich noch mit mir beschäftigt war. sein sprechen ohne den zwischenzahn heiterkeit blieb bei mir hängen.

„gegen diesen filzstift ist wohl kein ankommen", hat er geantwortet, „die menschen denken nur mehr in häusern: wer dreht den lichtschalter ab, ist die einzige frage, die bleibt, und nur der tonfall kann stärker werden und tut es auch. davor haben alle angst wie verrückt, wie verrückt machen sie die plätze vor ihren augen voll mit waschautomatik. das vergangene wird wieder besser, das neue nichts als ein stichtag und davon abzusehen. wir werden ins licht gerückt: überschaubar bleiben heißt es jetzt da allerorts, schnell in ein eckinteresse hineinhüpfen, denn noch könnte der markt breit genug sein, um uns zu tragen. einfach ein bißchen heile welt einreichen, der rest geschieht schon von alleine, so reden sie alle. da ist der rechtsstaat doch allen bekannt hierzulande, alle haben wir es mit ihm zu tun, und noch

immer weiß niemand bescheid, noch immer wird er noch verglichen mit weitermachen, dabeibleiben."
wir schwiegen.

„das bloße zurechtrücken der augenwinkel, damit ist es auch nicht getan", berichtete er weiter mit blick auf die bücher am schreibtisch.

wir schwiegen.
nach einer weile wirkte das schweigen wie aufgeklebt, und so ging es dann mit luftlinie zu den kindesbeinen zurück. mit luftlinie also zu den kindesbeinen zurück, meinte er dazu nur, und, was ich denn damit bezwecken wolle, mit meiner plötzlichen privatsphäre, die ich über seine meinung zog.
ich weiß nicht mehr genau, was dann passiert ist, das plötzliche einbrechen einer handfigur war es möglicherweise, sein finger, der ständig über die bücherrücken gefahren ist, immer nur den zähnen entlang gestrichen der augenblick. in jedem mundwinkel hatte ich schon den verblichenen obstbaum stehen, der blinkte, wenn er darauf drückte und das tat er – eine antike statue zu zweit zu werden, hatte er einmal vorgehabt vor jahren, und jetzt kratzte er ständig seine initialen hinein.
ich weiß nicht mehr genau, was dann passiert ist – gegen diesen filzstift ist kein ankommen, das stroh im kopf sitzt fest, hat er jedenfalls dann gesagt, und irgend etwas war wohl damit gemeint, das sitzt in meinem zimmer herum, das sitzt, wie ein gürteltier macht es das und startet sein leben geradeaus los von einem stoß papier, fährt über andere hinweg, auf kleinen rädern macht es das, die hinterlassen diese spuren, die man in den gesichtern der menschen sehen kann, lächeln zum beispiel. wer freut sich nicht, wenn er auf mich trifft.

und auch ich habe einen erfolgsmenschen zwischen meinen augen stehen, die werden nie zusammengeschickt, die bleiben schön auseinandergehalten in zwei seiten –

wegen der tiefenschärfe, so erklärte ich ihm noch, nichts aber habe ich ihm zu erzählen vermocht vom raum der heuschrecke in ihnen, und wie sie zuschlagen kann, betritt man ihn, doch schon war es zu spät: wir haben uns dann wohl in die haare gekriegt, wir haben besuch gemacht, wir haben so getan, als ob der busch noch stünde, der das ganze feuer der gegend hat, und dann hat er sich verbrannt. geradeaus ins gesicht hinein und keinen schritt weiter.

holzschnitt/13

tropfnaß hocke ich auf meiner landkarte aus der fremde, denke an den werbespruch des zollbeamten: eine heimkehr sei immer ein saftiges stück fleisch.
er muß mir dabei nicht länger als eine halbe sekunde in die augen und gegen den körper gesehen haben, dann hat sich sein blick schon wieder auf durchfahrt geschaltet, und ich konnte gelassen meinen koffer vorbeirollen durch die landschaft aus salzburger versatzstücken direkt in dieses zimmer hinein. *und tulpen und grashüpfer und frühfliegen. fallwind.* ein föhn schlüge zu, hatte mich eine zuständige stelle telefonisch vorgewarnt, die stadt wäre ja klimatisch nahezu eine katastrophe, selbst was das beträfe – *und fallwind.*
die züge und die nordalpen. so ein leidiges flügelschlagen richtung südost, aber gegen eine tagung mit langwierigen geographen wäre eben kein kraut gewachsen, sagte ich zu jemandem, der sich plötzlich ins abteil setzte, mit der flachen hand gegen das fenster schlug, erdbeeren in die zugluft schob.
ich habe ihm dann wohl einige fotografien gezeigt, er aber hat die ganze zeit über auf meine hände gestarrt und dazu geschwiegen.
zu jenem zeitpunkt wollte ich noch nichts wissen von einer heimatluft, nichts konnte ich mir vorstellen auf bunter strecke, vor geschlossenen zugfenstern.
jetzt ziehe ich mir meine socken schon über „salzburgland“ aus, das ich mir extra bestellen mußte in einer buchhandlung der anderen stadt. langsam rolle ich sie über meine fersen, winde an ihnen wie an altem papier. die durchnäßte karte reißt an manchen stellen ein, aber

nicht dort, *wo die seen und flüsse und gebirgsgemurmel gegen den kalkstein* verzeichnet sind –

– und den ganzen tag lang liefen wir durch gräserschluchten, und irgendwo weit hinten hatten wir unsere kleine schwester geparkt, die plärrte schon wieder, und dann schwangen wir uns hinauf, auf den großen nußbaum, und da würde sie nicht hinaufgelangen können, ein kleiner zappelfisch, der brüllte. und ich war es, der immer wieder blätter abzupfte, die fielen zu boden. auf ihr gesicht.

„zurück im alpenpark also", empfing mich der zollbeamte reserviert und zog dabei meine papiere rasch durch seine augen. ich würde nur einige minuten bleiben, entschuldigte ich mich bei ihm, es wäre nur ein kongreß, der mir hier blühen würde –
und schon war ich vorbeigeschlüpft. schob meinen koffer durch die landschaft salzburger prägung, wurde klatschnaß dabei.

jemand diktierte mir das wetter hierher, der griff mit seinen langen fingern richtung norden, richtete sämtliche wolkenwirbel nach süden aus, während ich noch gar nicht daran dachte abzureisen; da bin ich in der anderen wohnung gesessen und habe lustlos mit konservendosen das papier verstellt, auf dem die nachricht befestigt war, oder das, was man landläufig nachricht nennt.
nur fünf minuten später wußte ich schon, daß keine mineralwasserflasche zurückbleiben durfte, wo ich mich zehn jahre lang aufgehalten hatte. jedes leitungsrohr habe ich abgedreht, bin weggetreten.

ach, wie gut ist es, zu wissen, wo man ist, das salzburger land streckt seine zehen wieder vor mir aus: der norden ein kartoffelnetz, der süden gut verbaut –

– und jeden zweiten sonntag bei schönwetter sind wir ins tennengebirge zu den großeltern gefahren – friedfertige bauern, wie es in der umgebung allgemein hieß, wo man noch leise von kalkgestein sprechen durfte, von aufgerissenen mündern in den felswänden, aber auch unter immergrün und waldmeister. zahnlücken.
in dem einen oder anderen loch, dem bärenloch oder dem hennenloch, konnte man sich gut verlaufen und dabei die kleine schwester versehentlich fallenlassen – hinter einem felsbrocken, wo die säbelzahntiger hausten.
„warum rennst du uns auch immer nach?" hat erich ihr noch zugerufen, während ich ihr mit blaubeeren über das gesicht gefahren bin.
– und wie es bereits spät abends wurde und wir uns noch immer nicht trauten, aus den hohen stauden des hanges herunterzukommen, wußten wir doch, wer zu hause auf uns wartete.
erich, das war der name meines älteren bruders.

das plötzliche sommergewitter hat eisfinger mit sich gebracht, ein temperatursturz von fünf grad celsius nimmt sehr viel platz ein in diesem zimmer, so ziehe ich automatisch ein bein an und fahre mit dem, was landläufig zehen genannt wird, langsam die zarten linien der straßen nach, die in roter farbe prächtig zum haupthaar des gebirges passen.
ich bin sicher verwahrt in einem zimmer, in dem sie ein bild aufgehängt haben, das darf die schönsten seiten der festung seine beute nennen. verwahrt in einem

zimmer, in dem sie ein bild aufgehängt haben, das tickt ganz leise, aber noch ist nichts geschehen.
mein atem fällt auf den boden zur landkarte hin, die an manchen stellen schon getrocknet ist, sich dort emporwellt, und so mir gewisse örtlichkeiten mehr ins auge springen als andere. mit meiner spucke versuche ich diese ungerechtigkeit auszugleichen, bringe aber nur schwarze flecken aufs papier.

es ist später nachmittag und hotel stein. das personal ist noch immer mit der reinigung der verbrauchten zimmer beschäftigt, selbst mir haben sie kein neues aufgesperrt, sondern nur mit einem taschenspielertrick ein altes aus einer neuen verpackung gerissen, um von mir in ruhe gelassen zu werden.
ein scherenschnitt, die stadt. zu einer unheimlichkeit gerinnt mir das echte glas der fensterscheiben, das macht dem zimmer grüne augen. tageslicht.
niemand da, der mich am ärmel zupft, so muß ich mich selbst wegdrücken von diesem ausblick auf das städtchen mit dem spielzeugmuseum. eins zu eins, alles in originalgröße vor der tür. bis auf die –

waldameisenhaufen, in die wir auch später pißten und weiterhin auf den schaukeln turnten, und ich, der ich mir plötzlich immer wieder schiefer in die haut stecken mußte, als wollte ich mit ihnen schreiben, eine plötzlich aufgetretene manie ohne wolkenwand.

magerer ausblick auf die straße, den kai. ein paar kühe wären im bereich der vorstellung, keine tankstelle weit und breit.

es hat zu regnen aufgehört durch meine adern. ich denke daran, möglicherweise morgen nachmittag, wenn noch zeit bleibt, einen ausflug in die osterhorngruppe zu unternehmen, mir wie früher ein paar scheiben landschaft herunterzuschneiden, sie in brotpapier eingewickelt vielleicht doch über die grenze zu schmuggeln. doch dann fällt mir wieder ein, daß da keine relevanten grenzen mehr für mich vor der tür stehen, ich werde ja bleiben müssen, kenne ich doch die vorgänge in meinem körper zu gut.
streiche erneut die jalousie über die aussicht, unschlüssig öffne ich meinen aktenkoffer, lasse aber dann doch die unterlagen für morgen vormittag darin weiterschwimmen. der koffer, ein karpfenteich.

– und steckte mir so manchen schiefer in die haut – und erich, der sie mir immer wieder aus den fingern ziehen mußte auf geheiß unserer beider elternteile, aber sie jedesmal nur tiefer ins fleisch drückte, sodaß sie darin verschwanden, unsichtbar wurden, einzig ein rotbrauner punkt, der eine zeitlang übrigblieb. manchmal konnte es passieren, daß später dann der eine oder andere holzspieß herauseiterte.
noch vor dem abendessen bestrafte vater erich dann auf seine weise.

es juckt mich überall. ein zeichen, daß das restliche regenwasser auf meinem körper verdampft oder eingesickert ist. sitze nun vor dem leeren papier des zimmerbodens und versuche aus dem gedächtnis das land salzburg nachzuzeichnen, nachdem ich der zerstörten karte einfach den rücken kehrte.
eine leichte fingerübung, beherrscht man das augenlicht. doch entspringen die linien direkt aus den verlängerun-

gen der nervenbahnen, dann machen sie eine reise und kaum, daß man hingesehen hat, landen sie schon mit ein paar millimeter differenz vom vorstellungsbild auf dem papier und sehen einen fremd an.
dennoch trieben wir dieses spiel bis ins blaue, und manches holzstück begann schließlich mit meinem fleisch zu verwachsen, veränderte dessen struktur oder verdrängte es ganz, sodaß in mir bald bei der ausführung rascher und unüberlegter gesten ein klappergeräusch zu hören war –
erich, das war der name meines bruders, der mit mir später alleine, ohne eltern den rand der wilden natur durchstreifte, ab in die speiseröhre des waldes.

sie haben im nachbarzimmer aufgehört zu saugen, und mit der stille wird mir plötzlich mein starker durst bewußt, den ich während der letzten zeit bei dieser übelkeit immer bekommen habe. mein magen knirscht.

dennoch trieben wir dieses spiel bis ins blaue, und manches holzstück begann mit meinem fleisch zu verwachsen, bald war mein inneres ausgefüllt mit dem holz, das nicht modern konnte – sich stark machte, mir wurzeln schlug.
inzwischen war auch mutter abgereist aus unserem leben, also keine frau mehr im schrank versteckt, die sich um meine gesundheit sorgte – bis ich mir mit fünfzehn jahren beim schifahren einen beinbruch holte und während der untersuchung zum röntgen abgeschoben wurde. plötzlich lag das ergebnis der jahrelangen vorgänge auf der hand.

die ärzte wußten nichts anderes, als mir kurzerhand nägel in meine knochen zu schlagen. rostfreier stahl,

der ging in mir spazieren und hielt die holztriebe spürbar im zaum, doch dann verschwanden diese nägel von einem tag auf den anderen, blieben in meinem inneren jahrelang unauffindbar – röntgen war sinnlos und selbst das abklopfen der außenwände half nichts mehr. nicht mehr daran zu denken, mein fleisch wieder aufzuschneiden. holz – brach – aus.
mit sechzehn begann meine gier nach anorganischen verbindungen zu wachsen.
zuerst nur kupfer. kadmium und selen sollten sich in relevanten dosen erst nach monaten einfinden, blei war längst zwischengelagert, und in silicium sah ich schon längst fern. rauhe mengen.

„keinen übermäßigen sport mehr!" sagte die ärztin und ich schwieg dazu, spitzte mir aber heimlich nächtens die finger an, damit ich mich wehren konnte, entdeckte erst mit achtzehn, daß ich mit ihnen schreiben konnte, wenn ich die nervenbahnen an den fingerkuppen freilegte.

ich werde dr. mühlthaler anrufen und ihm absagen, sollen sie doch ihre computergestützten kartographien und geomorphologischen kartierungen alleine vorkochen, ich werde leider verhindert sein, abgereist wegen todesfalls in der familie.

– und wie erich dann vor zehn jahren einen beruf in das gesicht unseres vaters auszuüben begann, und wie ich langsam in einer wohnlandschaft steckenblieb, und wie ich beinahe endgültig steckengeblieben wäre als fischfanggerät, oder als holzschachtel, die man öffnet um ein lied zu hören, als kopiermaschine. ja, als kopiermaschine.

und wie ich plötzlich aufstand und ein geographiestudium in die andere stadt hinein begann, und erich, wie er sich deswegen vorerst seine zunge an mir abschlug: „verstehst du, für dich ist das alles viel einfacher. du drückst dich weg von hier, stößt alle luft aus, winkelst rasch die arme an, und schon bist du fort, lebst dich in dein frankfurt hinein." er müsse hier fortfahren, trotzdem wisse er, zu warten.

öffne den aktenkoffer, den karpfenteich, um die telefonnummer vom institut herauszusuchen, aber es sehen mich daraus nur rohe fischleiber an, die haben anscheinend das ganze wasser ausgetrunken und beginnen, um sich zu schlagen.

es ist sowieso zu spät, schon bald werden die anderen anklopfen und sagen, daß *meine heimkehr ihre armbanduhr gewesen war, die im geeigneten augenblick geklingelt habe. sie werden ihren freundlichen ton auch bei der frage nicht fallenlassen, wieso ich überhaupt annehmen konnte, ihnen jemals wirklich aus der hand gefahren zu sein, das hätten sie doch bei meinem zustand niemals zugelassen.*
und wie ich zuerst entgegnen werde, daß ich mich gesund gefühlt habe die letzten jahre, daß sich niemand kümmern brauche, alles sei eigentlich nur immer besser geworden.
und sie, wie sie lachen werden, mein jetziger zustand sei doch der beste gegenbeweis. ich solle mich doch ansehen, wie ich schon nichts mehr sagen könne, nur mehr mit papier spucke.

schon bald kommt der augenblick, in dem mein mund endgültig alt wird, die augen weiß festfrieren. jetzt schon

schlage ich meine hand dagegen. die andere presse ich ganz fest gegen den mund, rauchschwaden, die aufziehen aus dem nachmittag meines magens.
etwas wird verbrannt aus der mitte meines körpers, ein kleiner rest bier oder fleischersatz.

dachgeschoß

hand aufs herz hand auf den himmel, an einem sonntag nachmittag zwischen den vögeln hindurch einen spaziergang zu legen, als wäre die ganze zeit über nichts gewesen, den kiesweg voran und nichts weiter als das leichte spritzen der steinchen nach rechts und nach links, das ist nicht viel –

doch hand aufs herz hand auf den himmel, irgendwo muß das ganze doch anfang-ende-mitte haben, und dazu noch eine gute aussichtsposition, zum beispiel ein kleiner bohrturm (genagelt), an dem man sich all die jahre hochgehangelt hat, und nun sitzt man oben und beguckt die ganze parklandschaft: wie da ein paar nach dem anderen entsteht und wieder zerfällt, wie sich die gesichter gegenseitig ausmachen und alles sich zum zufall verhält, als gäbe es ihn in wirklichkeit nicht –

doch hand aufs herz hand auf den (himmel, paarweise) entsteht ja rein gar nichts, weiß er zu berichten, und: das ist bewiesen, nur souterrain oder dachgeschoß im tageslicht letztendlich, wo ein sonnenstrahl auf den anderen fällt, und alle sind sie mit einem male begraben –

da werden einem schnell die augen zu ende gesteckt, und dann bleibt nichts mehr übrig als eine flut an kindern, weiß er zu berichten, der alte kerl (vernagelt) hoch oben zwischen den ästen der falschen bäume, ja, bald regt sich da nichts mehr, alles steht fest im vormittag und kann nicht mehr raus aus ihm, so redet er weiter, letztendlich ist man ein alberner handlanger geworden, verdient nicht eben die halbe welt, und nur

eine himmelsrichtung ist geknotet, und die heißt arbeit. irgendwann trifft man dann die alten bekannten wieder, wie stroh hockt man mit ihnen in den kneipen, niemand hat mehr etwas vor, nur manchmal wird einer großvater und beginnt sich ernst zu nehmen.
er ist da nicht auf der strecke geblieben, er kennt schließlich das leben in- und auswendig und hat zu handeln gelernt, wenn es sein muß. und so legt er jeden sonntag nachmittag einen spaziergang quer durch diesen park, den kiesweg entlang, vorbei an dem erschöpften gras, vorbei an den ein oder zwei gestalten, die ihre hunde wie in flaschen mit sich tragen, sie in unbemerkten momenten herauszuziehen wissen und an die luft setzen, vorbei an dem allen, bis er zu dem jagdstand kommt, wie er ihn nennt, und daran hochklettert. ein holzgebilde, das halb zwischen den bäumen versteckt aus dem park hochragt, so als ob man da noch eine gute aussicht haben könnte. aber kaum sitzt man oben, kann der blick (wie im fingernagel versteckt) nur die öde graslandschaft auf und abfahren, und darüber der himmel, ein einziger monsterfaden, der sich täglich abwickelt und nichts weiter.   zu guter letzt noch zwischen den beiden versteckt die menschen, und wie sie es alle wieder erwischt hat: die meisten führen eben ihr leben einen halben meter neben sich her und wundern sich dann, wenn es so ganz verschwunden ist, nur er macht jeden sonntag von vornherein schluß damit. und wenn er ganz oben angekommen ist, dann dauert es nur eine weile, bis er zum springen bereit ist –

doch hand aufs herz   hand auf den himmel, das ist doch zu bunt, das geht doch zu weit, sagt er sich dann,   und: was habe er schon mit der ganzen geschichte zu schaffen, außerdem wisse er nicht, wo doch heute alles auf halbem weg hängenbliebe, was er dann tun solle, so eingesteckt von der luft.

Kurz nach der Haustür

kurz nach der haustür bemerkt er einschlafen. das war nicht geplant, das kam von hinten, kopf nennt man das mit viel mühe, was ihm dazu einfällt. die ganze gegend hier ist so in sich selbst versteckt, warum nicht auch ich, sagt er sich nur, und wie es halt so ist: nur er selbst fällt sich nicht auf beim leben, und doch geschieht es nicht ganz von alleine.

ein grinsen im gesicht ungeparkt, es huscht von rechts nach links ganz schnell, da ist schon seine nachbarin, das ist seine nachbarin, wie sie vom zaun nicht fällt, der ihr lächeln ist, wie sie leibt und lebt zwischen dem vorderrasen und dem hinterrücks. mit der nachbarin ist das so eine sache: sie weiß nicht so recht weiter mit ihm und so kann sie ihn nicht ausstehen. außerdem heißt es, daß er ein kind besitzt, das er nicht herausrücken will, zumindest ein luftdichter zwerg ist es, der davonschnurrt bei der ersten falschen bewegung. auch verläßt er seine wohnung nicht, wenn die sieben-uhr-glocke glas einzieht in die gesichter der menschen und sie geradeaus zu laufen beginnen, direkt in ihre arbeit hinein – wenn das geräusch einzieht von hinten in die fäuste und sie danach auseinanderfallen in bleistiften, ist er nicht dabei, nein, er steht nicht einmal am fenster und winkt den anderen nach.

„die milchfrist ist abgelaufen", beginnt die nachbarin loszureden, „haben sie das schon bemerkt – und wie ihr garten verkommt", sie wird lauter, als er sich nicht rührt im gesicht, „haben sie schon entdeckt, woher der postbote kommt, aus ihrer gartenerde kommt er, aus ihrem gemüsebeet", ruft sie schließlich, „der postbote stimmt ganz und gar nicht, er bringt uns die falschen briefe, er stellt zu, was es nicht gibt", schreit sie ihm nach, der inzwischen gegrüßt hat und weitergegangen ist. er tut nichts zur sache, die sie beide betrifft. er verläßt sich wie immer ganz auf seinen irrtum, in eine falsche gegend geraten zu sein wie in ein haar, das man wieder loslassen kann und davonlaufen, quer durch die stadt womöglich, bis man am anderen ende der leitung wieder angekommen ist, sich da zur ruhe setzen kann. immer ein kilometer abstand zu einer situation wäre nicht schlecht, sagt er sich auch jetzt und sieht zu, schleunigst wegzukommen.

die häuser stehen. mitten in sich stehen sie herum und entlang ihrer linie, gärten natürlich vorausgesetzt, die bleiben aus den häusern draußen. alles haut hin, selbstverständlich, alles ist werktätig und viel bei der sache, und so kommt auch er immer wieder mal an der stelle vorbei, wo die leute, die jung sind in ihrem paß, sich ansammeln. niemand legt sich quer vor den bus, und dennoch hält er meist an, niemand macht spaß mit dem kioskbesitzer, und dennoch gibt er auskunft. alles ist hier in telefonkontakt, sagt man, jeder termin abblasbar und in seinen häuten zu hause, und so trifft man sich nie an. auch er sieht gerne selten aus in den gesichtern seiner bekannten, manchmal klingelt zwar bei ihnen noch das telefon, aber wenn sie abheben, ist er nicht mehr dran. nur einmal haben sie ihn doch noch erwischt, einmal ist es doch noch geschehen:

„mit dem leben hier hat es nichts auf sich", so hätte er damals beginnen können, *„es hält sich so ein. die leute rund um mich verfahren bloß mit ihrem alltag, es wird*

an platz gespart, jeder denkt sich einfach seinen rasen aus und nichts weiter. doch das war mir anfangs auch ganz recht so, nichts mehr wollte ich wissen von einem leben, und wie es davonfährt richtung ende, ein leben, das nur kräftig austeilen kann, aber nichts einstecken will, zum beispiel zurücknehmen die lange latte mist, die ich gebaut hatte ohne ende, ohne weiter namen zu nennen, machte ich einfach meinen job, der fiel nicht auf, der war in sich gekehrt (plombiert) – schließlich wird man irgendwann 27 und klammert sich an den letzten strohhalm, der vorbeikommt. bei mir war es eben nicht die versicherungsgesellschaft gewesen, jemand anderer hielt meinen tag versteckt, bis er davon war und das gesicht ganz leergelaufen. und die augen, immer auf zwei augen bestanden, sie doch nie unterscheiden können, ging es ja auch die ganze zeit um eine arbeit, die mich in die falsche richtung verzog und die hieß morgen. und eine zahnfigur weiter, im hübschen abstand, der alltag: immer zu schnell gegessen, zu schnell geschlafen, nie jemanden angetroffen dabei, und wenn doch, dann haben wir uns nur gegenseitig durcheilt, den müden glanz ins gesicht des anderen gesprüht mit kurzem lächeln, keinen unterhaltungszaun habe ich dabei um mich binden können. letztendlich geriet mir der kopf ganz zum genick.
daneben das haus: hier fing mich das denken in beistrichen ein, die verdauten den raum, bevor der überhaupt losgehen konnte, und der körper, immer blieb er stehen, nie habe ich in einen fahrstuhl springen können und mit ihm abdüsen richtung sportplatz, bis er stimmte.

– und die augen, immer auf zwei augen bestanden, jetzt aber fallen sie mir in den rücken, als ob da noch platz für sie wäre. auf einer klippe stehend könnten sie

mich fotografieren, einem alpentier gleichend, grau über die eigene nase gebeugt, mit dem blick nach unten, die haare ganz nach hinten gestrichen, bis hin zum nächsten tagewerk – jägeraugen sind es keine, die mich umgeben, es sind nur die ausgebürsteten augen all der jahre, die mich anblicken, mit nichts als besteck im mund bin ich, an einer klippe, randgestell der alpen. ein tier auf hohen beinen, zu hoch, als daß es noch ernsthaft an bodenkontakt denken läßt, zu niedrig, als daß man es je mit einer augenhöhe zu tun bekäme.

auch aufgegeben eine mannschaft zu sehen, die mich scheinbar umgeben soll und mit mir herabsieht, dort hinunter, wo die graswucht ihren höhepunkt erreicht hat. aufgegeben das gras zu fürchten, und daß es eines tages doch noch einmal heraufwachsen könnte und mir die augen verbinden würde. verbinden mit den dingen, die meine umgebung mir stellt, und sie darin auflösen.

nein, niemand ist um mich herum, einzig diese gestalt, die ohne unterlaß die alten jahre abpaust, bis von ihnen nichts mehr übrig ist und sich bald mir zuwenden wird, mit seinen ganzen augen mich anstarren wird, mich, das alpentier, bis es sich beugt über seinen rand und abtritt hinter die stimmbänder. da herrscht eine gegend vor, die nennt sich kopf, und wenn ich früher die augen zumachte und bis zehn zählte, dann konnte ich die spurgeräusche hören, die er hinterließ, jetzt aber war da nur noch stille, eine stille, die als blau oder bunt bezeichnet sich nicht ändert –

eine unterlippe unter die aktenhülle geschoben und mit den augenbrauen die ganze mappe dann eingeklemmt, so habe ich über stunden ausgeharrt, stundenlang ist mir kein vernünftiger gedanke entgegengekommen, nein, weit weg war ich von jeder richtigen atemhandlung. und so wird man mich finden, eine atemlosigkeit ganz und gar."

so hätte ich an seiner stelle erzählt, doch er hat sicherlich nur das fernsehen platz nehmen lassen in seinem bericht. er bietet mir einfach keinen sprachraum an, in dem man die vögel fliegen hört, und wenn man es bei ihm doch einmal mit diesen dingen zu tun bekommt, dann bin ich ihm wohl ausgebüchst. *im spiegel schon wieder dieses gesicht, dieses ausrufungszeichen,* so hat er aber diesmal nur gezischt, seine hände in der luft verstrickt: tätigkeit, so nennt man das doch wohl. *das einzige, das sich hier noch bewegt, ist das geräusch der tauben in der regenrinne,* hätte er danach behaupten können, doch er hat nur aufgelegt. schnell hat er erkannt, wohin der hase läuft in diesem gesicht: nichts wie weg, hat er nur gesagt, und kommt jetzt auch nicht mehr zurück, denn kurz nach der haustür bemerkt er einschlafen und geht doch nur weiter.

WINTERLIED (lieselotte)

warum das gelbe winken des sommers vorbei ist, die guten gründe für das gras, wie ohren saß es auf der erde (leitung) und hat aufgeklappt das leben ohne ende, ohne ende ist es aus damit: jetzt hat die sonne zugesperrt, auch die lippen sind davon aufgesprungen rund um uns, rund um den nachmittag herum, der wird kleiner, immer kleiner wird er und ist gleich ganz verschwunden, zusammengetrieben und herausgestellt der lange name aus dem mitgesicht –

warum die gelbe augenklappe des sommers herunter ist, warum die lippen so herausgesprungen sind und dann weit über den rand hinaus, die klippen hinab in den rest der landschaft wie augenbrauen wie augenbrauen hat sich da alles versammelt und geht keinen schritt weiter. ein geschehen hat seine stelle ein letztes mal bekommen: da entsteht eine lange landschaft wie ein nachname wie ein eindruck zwischen den zähnen das abendlicht darin schon festgestellt zwischen den zeilen aber auch andere seiten schon aufgezogen. doch bis der himmel seine kopfbewegung wechselt ist's noch lang, und so wird jetzt immer dicker aufgetragen, was schon längst davon – der dreivierteltakt bleibt abgedrückt durch den minusbraten knistert's weiter in gesichtswinkeln in gesichtswinkeln bleibt

nichts zurück, auch die bienen (blicke) daraus restlos abgerauscht –
ach, mein trostloses pflaster gegenüber ist abgelöst, bloß ich bleibe nur im spiegel ein rest versteckspiel –

warum die sonne so herumspringt wie gelb, und ein netz weiter die augenzahl der menschen, die legt ständig einen zahn zu, legt andauernd einen zahn ins genick dir: landschaft lauf, landschaft laß dein segel sein, setz dich nicht so hin, steh auf und renn, die menschen sind geschwind, in ihren fingernägeln kommen sie angefahren in fortwährung in fortwährung ist ihr besteckspiel festgestellt. guck, wie ihnen jetzt letzte erholungswerte auf und davon gehen hand in hand und wie verrückt suchen die ’nen ort zum bleiben: und noch einmal wirft die erde um sich mit stellen, diesmal aber trifft sie schon nicht mehr.

SOMMERLIED (laufmasche)

in diesen tagen zieht der himmel so schnell
vorbei wie ein papiertaschentuch, das kann
wenigstens nicht zusammenbrechen, das
knüllt man ein bißchen und schon hat das
mit dem heulen ein ende. und vögel fliegen,
vögel fliegen ganz umsonst von vorne
los dreimal um den block geht
mit dem hund nichts verloren.
überhaupt hört die erde jetzt immer öfter
auf in plastiksäcken zu stecken, von
krokus und kamille ist die rede ist nicht
von pappe der umweltjargon in wirt-
schaft hängengeblieben auf papier geht
man mal eben schnell auf nummer sicher,
damit nicht einreißt, was auseinanderge-
hört.

in diesen tagen ist an richtigen schlaf nicht
mehr / zu denken wintersport zu ende / jetzt
alle bauen jetzt lieber / sich brücken mit top-
mode zum zarten eigenheim / ist noch keiner
gekommen, wenn die jahreszeit so auffällt,
fehlt bloß das geld, bleibt einem der atlas nicht
lange im hals stecken, im gegenteil, auch der
himmel kommt jetzt heraus, beginnt zu wach-
sen, von tag zu tag wird er mehr / los von
sich. da kann ihm so schnell keiner nach, doch
auch der lift fährt geradeaus auf etwas zu,
jetzt deutlich abwärts, sonst ist ja nichts los
hier / fehlt bloß das geld.

die gegend blüht auf, sagt der mann in der gegensprechanlage kommt der vom amt.

mitunter haben jetzt auch im keller die pflanzen die hosen an haben alle hände voll zu tun die nachbarn zwischen regalen und standorten stellen sich ein die wohnungen über uns sind nicht von der hand zu weisen trotz ständigen abnehmens nicht bloß die frauen am besten in spurenelementen nur mehr vorhanden, was da durchgeblättert werden soll ganz schnell immer nur von oben nach unten ist immer nur von mitarbeit die rede, wenn spuren von mechanik nicht alleine das prospektwesen durchziehen bleiben wir zurück in 1 augengröße versteckt hinter gartengeräten lehnen hier unten die wände mit bruchstücken von keinem himmel.
viel laß ich da über zigaretten laufen, was ruhe betrifft. die jetzige lacht, da bin ich mir sicher.

nachnacht

er faltet seine farbe auf,
er faltet seine farbe zu –
ein kurzer blick in den nachkasten, und schon ist der abend dahin.
   und immer kommt ein wochenende,
manchmal mit einem bein, manchmal von oben.
   und immer ist es sein körper, der draufzahlt, wenn er stattfindet.

man spricht ja auch vom schnürchen, an dem alles klappt, und nie springt jemand drüber. doch irgendwo trifft immer die nullstelle ein, und schon sinkt der tag zusammen, nur der name hält sich auf, hält dicht, so hätte man ihn gestern noch reden hören können, heute jedoch stopft er nur stumm seine bettwäsche in die knochen.
und falls er jemals ein haustier (gelenk) gehabt hatte, dann hätte er es heute sicher in der firma gelassen, wäre einfach mit dem tag verfahren, wie er wollte   sich etwa eine kaffeepause weiter begeben usw. (stattdessen: eine ampel ging aufs ganze, doch dieser vorhang fiel ihm nicht.)

so bleibt das zimmer:
in dessen hinterstem eimer wartet er nicht erst auf nachtfalter bis der raum einfällt, bis der raum ins braune rascheln der nachtfalter fällt, nur das geräusch der flügel eben, darin sein kopf, nicht mehr zu sehen.

vor jahren hatten sie ihm einen bären aufgebunden, drei-komma-fünf-kilo schwer nannten sie den, das war das leben, wie es daherschneit ohne zu winken, ein husten ist es jetzt, der stehenbleibt. „zeit staut sich eben an unter der haut“, hat er gelesen, und die luftlosigkeit des raumes spricht schon für sich, nur

der straßenlärm rotiert noch um die wände, scheint leiser zu werden, bleibt dann doch noch erhalten wie ein kreisel, der schon schlingert und bald auf das zimmer kippen wird. und wenn er den kopf dabei ganz leise hebt, so leise, daß er keinen sand läßt, dann kann er auch sehen, wie die stadt sich in den abend dreht, wie sie sich aus dem straßenleben zieht und nur mehr von einem farbton (weißer fadenschein) die rede ist in seinen augen, das hält ihn eine weile gefangen, aber bald schon wird etwas geschehen, sagt er sich, bald tut es sich – doch der alltag frißt fliegen, so sagt man oft, der alltag hat ihn schon wieder, so sagt er sich nicht, und doch fängt ihn immer irgendetwas ein, und wenn es die farben des teppichs sind, die seinen blick beginnen, immer muß etwas sich ins auge tun und es befestigen da draußen, auch jetzt ist etwas im schotter seines blicks begraben, (sagt er sich nicht), das zieht ihn nach draußen und hält ihn zurück, die augen sind krank, sagt er sich, aber er ist fest entschlossen, heute geht ihm nichts mehr schief, er ist sich da das nächste hemd und keinen schritt weiter, sagt er sich, und der körper hat fast kein herz, schnell schlägt er zu, so sagt er noch, bricht ab.

(ein kurzer blick in den nachkasten und schon ist der abend dahin.

und immer kommt ein wochenende.)

herzheben

da schließt sich die handlung,
kein schnee fällt auf,
bis dein gesicht,
der gute schneeanfall mit taubheit schlägt. dick und weiß sind die augen, wenn man sie nach innen dreht, auch auf der straße, zumal ein nachmittag nichts besonderes ist.
dick und weiß läuft das leben durch die stadt, du ziehst die hand ans ohr, zielst mit münzen gegen den straßenlärm, immer hatte ich dich dabei beobachten wollen, jetzt fällt es mir auf.

zuviel häuft sich in diesen zeiten, und mit ihm ein ganz schönes stück februar, das man zurücklegen muß, um sich das huhn weiter über dem feuer zu braten, das sind wegstrecken, die verstecken die luft, und daneben noch die tiefgaragen, die das leben schwierig halten.
ich schwöre dir, wenn ich ein buch zur hand hätte oder auf zehenspitzen, das mir das richtige geräusch zu wohlstand ins ohr flüstern könnte, ich würde es ungefragt auf deinen bauch legen und dir beim lesen zusehen.
mit meiner zunge würde ich schnüre über deinen körper legen, bis er weiß wird und wartet.

du lachst hinweg über die häuser in dein telefongespräch hinein, das du noch zu führen glaubst, doch längst sind die gebäude weg, die dein lachen trugen, einen knall gab es, der rauch wurde kaum bemerkt, niemand sagt dir, daß ich längst nicht mehr am anderen ende der leitung sitze, und welches gedicht würde nicht zu deiner lage passen, es häufen sich die worte. da.

lasse dahingestellt wie dein haar usw., es zieht sich eben in mir ein herzklopfen heran, das ist größer, das tut nicht wärmen und schlägt aus, schlägt das blut flockig bis ins herzheben hinein, so sagt man doch, du kannst's nicht hören, wirst's nicht sehen.

ach, wie gerne würde ich dich in einen lehnstuhl streichen, sachte einwickeln, du würdest dort lesen können oder auch anderes, und ganze vier stunden würde ich dich auch dort lesen lassen, aber dann komme ich zurück und sehe mir an, was du gemacht hast: ein fallobst? eine windhose? ein fallobst.

und dein lächeln führt nirgendwohin, schreist du ganz plötzlich, daß uns der schrecken in eine abrupte nähe wirft, doch sonst hast du nichts in der hand, nicht einmal ein auto, das abwickeln könnte, die schnur um dein zweites herz gespannt, haubenherz, so sagt man doch in der sprache, wie sie steht. doch jetzt ist aus einer telefonzelle alle zeit abgesaugt worden, die bleibt mir nun im hals stecken, und du weißt, wie lange ich die bewegungen schon kenne, die abwärts helfen. manche malen sich eben kringel auf die haut, andere stecken sich nadelhölzer quer durch den gaumen und dann gibt es wiederum andere, die verlassen sich aufs gemüt, du hast es gesehen und willst doch nichts wissen davon.
du mußt doch kommen, sonst bleiben schwarze ränder an meinen augen zurück, hast du nur gesagt, hast dich dabei im spiegel beobachtet, die zähne zuerst.

ein nasser novembernachmittag wendet eben nur langsam seine flügel, höre ich mich von oben, doch die dächer warten nicht lange, ich weiß, schnell werden sie schauplatz von der einen oder der anderen handlung, wie du z. b. aufstehst und schließlich die straße hochgehst, während ich meine zähne fest gegen den blick in den spiegel verschraube, gestern war es erst, daß du abgefahren bist, mit einem zug oder einem strick locker in der hand, schnell kannst du gehen, da bin ich mir sicher.

es ist so dumm, ein ganzes leben gelebt zu haben und dann einer zuzusehen, die erst den anfang trifft und ihn schon wieder in die ecke wirft. doch du mußt verstehen, jetzt ist mein körper anders gefaltet, die zähne sind mir schwer geworden an dieser luft, sie steht in zwei beinen vor uns, die seitenlänge aber zwischen ihnen zerfällt.
es war doch immer derselbe faden, mit dem ich deinen kopf ganz langsam hochzog, damit er keinen sand ließ, aber ganz kurz bevor ich fertig war, bist du einfach abgesprungen, schon trägst du eine andere uhrzeit.

deine hand führt nirgendwohin, hast du geschrien. und immer mußte ich es sein, der deine sätze an den ohren hielt, du warst schon weiter, denn dein reden geschieht, sodaß es nicht risse bekommt, wie das meine. keiner deiner sätze hielt sich an den ohren und wartete ein wenig. alles mußte sofort durchgeblasen werden. doch du hattest recht: in den meisten meiner augen liegt ein wimmern begraben, und immer, wenn man darauf tritt, quietscht es ein wenig lauter, bald kann ich dich gar nicht mehr hören, du redest auch nicht mehr. das ganze gespräch nichts als die eigenstumme telefonschnur, die durch den kopf gezogen wird, immer und immer wieder, daß es summt und nichts anderes mehr.

ich weiß doch schon längst, daß ich nur ein mann mit nichts als werkzeug im kopf bin, der verschraubt seine zähne fest gegen den blick in den spiegel, bis er glaubt, darin jemand anderen zu sehen, er hat zu zählen gelernt und kann nicht mehr aufhören damit, er beherrscht sich vorwärts und rückwärts und geradeaus mit handschlag. aber glaube mir, es ist nicht alles blödsinn, was man sich von nummern erzählt, die haben etwas in der hand, das kann man nicht gleich sehen, z. b. eine fünf und eine sieben enttäuschen schwerer als die eins.
jetzt ist seine zigarette stehengeblieben, der mund ist kalt und bald kommt ihm der herzschlag ins gesicht, er kommt und wird vorübergehen, als kennte er ihn nicht mehr.

„das einatmen giftiger gase bleibt dem normalen hörvorgang verschlossen“, höre ich ihn jetzt zu dir sagen, und er rückt genau den meter zur seite, den ich zurücklegen müßte, um vierzig ausgesiebte meter in die tiefe zu fallen, wäre ich zu hause, bald bin ich da.
da schließt sich die handlung,
kein schnee fällt auf.

nachtwäsche

mein körper liegt ausgestreckt in drei diagonalen streifen auf dem bett, irgendein zug muß über ihn gefahren sein, jetzt ist es aus mit seinem muster, er ist unter alle ziegenfelle gekommen, blaugrau sieht das aus, nicht mehr.

du wartest im nebenzimmer, deine hand, irgendwo zwischen meinen beinen, sucht immer noch die mitte, doch die ist dir davongerutscht, hat sich abgeseilt.
als ich dich zustoßen höre und nur dem vorhang ins gesicht schaue, denke ich an dein zustoßen, nur die luft, die wir jetzt atmen, baut sich ein staubtuch vor den kopf, denke ich an die tage im warmen garten, wo ich mit der decke über dem mund davon befreit war, dir zuzuhören.

ich warte mich ins nebenzimmer hinein, bis ich etwas von dir sehe, den trockenen mund, der jetzt entschuldigungen abbricht, die hebe ich auf, wie falsche schmetterlinge drehe ich sie in der hand, die man an manch wandgemälde spießt, um es lebendiger wirken zu lassen.
jetzt sehe mich dorthin gezwungen, wo mein bild trocknet, mit rosa armen arbeitest du daran, eine täuschung mit falscher augenfarbe, und das bild sieht mich an, macht seinen beutel auf und steckt mich dort hinein. dann erst fährst du mit deinen schritten darüber.

das nebenzimmer ist ganz ausgetrocknet, obwohl der luftbefeuchter fährt, rund um den eßzimmertisch herum, und mit ihm die stubenfliegen, die halten ihre flügel in den wind, nehmen das ganze wasser weg, direkt in mein gesicht hinein nehmen sie es weg, und nach jeder umdrehung sieht die luft noch dünner aus, bis sie ganz zu boden fällt.

rot sind die lippen des eßzimmertisches, der gibt mir auskunft über abfahrtszeiten, jetzt eben sei mein mann gestorben, und das dauert lang. mein mann ist tot, und darüber schreit mein kuckuck, der bläst sich auf, bis er zerplatzt und sich so das gift aus den augen streicht. jetzt zerschneidet die sonne das zimmer auf das bett hin, und gleich werden sie auftauchen mit ihren ohren und fragesätzen, mit rosa fingernetzen arbeiten sie daran.

versiegelt sind die tatsachen in einer kleinen dose, die haben sie mir schwer an die lippen gehängt, ziehen linien nur zum boden, und nur das nebenzimmer fährt da ab, erst ganz langsam, dann den hals hinauf.
ich kann nicht sehen, was andere sehen,
ich steh weg und hör mich nicht,
werde angezogen und aufgehängt –

bis mein körper, in drei diagonalen streifen die nacht trifft. dort wandert das totenauge, wäscht sich ab und beginnt von neuem.

alice im spiegelverkehr (selbsthase)

1

es ist, als ob ein himmel gefallen wäre, von deinem aug zu einem anderen, die reaktionsfähigkeit der binnenfische hat jedenfalls beträchtlich abgenommen in deinem bauch, sie gehen nur mehr verloren in dir, und das, was übrig bleibt, will geradewegs nach außen, zerreißt dir noch jedes eigenhemd: ein gegenüber will gefunden sein, und zwar schnell; ein gesicht wie jedes andere, bloß nicht das deinige. mit mustern in den augen, die sind nicht etwa gestohlen, die kommen an und sind dann gleich bei dir zu hause.
und schon ist jemand darauf festgefahren, he, jemand ist in deinem gesicht festgefahren, rufe ich, da hat sich einer ein schönes nestchen aus dir gemacht und ist dann auf und davon mit dir. ein graublauer herd zum darüber-hinwegschunkeln ist es, was er aus dir gemacht hat, und du bemerkst es nicht einmal. so rufe ich immer wieder, doch sie hört immer noch nicht, sie hört nur auf stimmen, die von außen kommen, stimmliches gegenüber sozusagen, nicht auf das huhn, das innen sitzt – stimme der vernunft, wie geht denn das...

alice kann es, alice übt sich in stimmungsspaltungen, sie wirft einen motor an, der sie wiederherstellt als stargast in ihrem innenleben: guten tag, sagt sie sich, guten tag, gnädige frau, sie speisen heute bei uns, sie haben schon ausgewählt, sie wollen das totale selbstmitleid, bitte, greifen sie zu, machen sie sich breit darin, doch vergessen sie ja nicht, den hut abzunehmen, er sticht uns nämlich die ganze zeit schon in den augen, er hat sich in ihnen direkt festgefressen und könnte sie auch nicht schlecht erwischen, wenn sie einmal nach oben sehen würden oder in den spiegel gegenüber, doch das tun sie nicht, sie gucken wohl nie in einen spiegel, denn umsonst sehen sie ja nicht so aus, daß man nur abstand von ihnen nehmen kann – also verlassen sie uns bitte unverzüglich, mit solchen leuten wie mit ihnen wollen wir hier nämlich nichts zu tun haben –

mit diesen restaurants, sagt alice nachher völlig außer sich, ist heutzutage auch nicht mehr zu rechnen, die lassen gar nichts aus, was schlechte manieren betrifft.

mir hilft diese geschichte ganz und gar nicht, werde ich schon unterbrochen, bei mir geht es nicht um das bloße umverteilen von gesichtshälften, bald habe ich gar keine mehr, er streicht sie alle für sich ein. so sieht die sache aus, so ist der faden gemixt, der mich in dieser eile hält. mit alice ist das wohl ein ganz anderer fall, die lebt so vor sich hin, und es tut nicht viel zur sache, ob sie nun alleine ist, oder eine geschichte am laufen hat. sie hört zu und geht dann doch weiter. bei mir sind die ohren schon anders gestrickt und obendrein noch an den falschen stellen angebracht, dort sitzen sie fest und können nicht raus, sie können nicht einfach wackeln und fort sind sie, nein, immer muß mir jemand die tür aufhalten. und dann ist es zu spät, dann ist es geschehen um mich, ich habe mich in jemandem verlaufen, der zündet mir die schnur an, die

nur nach hinten und aufs ganze geht, zu den ich-sagewichteln.
außerdem, so führt sie weiter aus, ist alice schon immer zwei gewesen: einmal als vorderseite, einmal als rückseite, nur zweimal kann man sie lesen. z. b. einerseits das alter, andererseits der wohnsitz, oder einerseits mann und frau, andererseits frau. man kann sie drehen und wenden und wird doch nicht schlau aus ihr. ich aber bin einzeln zu haben, angewiesen auf eine zusatzbetonung manfred. (der schläft mir erst die augen zusammen, bis sie eine richtung haben und wieder weitergehen.)

unsinn, will ich dazwischenschreien, werde aber von alice plötzlich unterbrochen: dem ist ja nicht mehr zuzuhören, beginnt sie, wie kann man sich nur so zwischen die lippen geraten, das ist ja geradezu erbärmlich, jammert sie weiter und wirft uns beide hinaus, schnell kann sie das, und schon stehen wir auf der straße, müssen zusehen, wie wir weiterkommen, wie wir ohne den rest von alice auf unsere rechnung kommen, die da unter der dusche steht und vor sich hin pfeift…

2

die haut des spiegels läßt nach, und alice tritt ein in ihr gesicht. welch wunder. auf einmal schwimmen ihr die wasserblauen augen nicht mehr davon richtung kosmetika, ihr hals bleibt stehen inmitten ihres körpers, nichts hat er zu tun mit einem schlankheitsmechanismus, der ihr das essen austreibt, bis nur mehr die fenster fleisch tragen und der körper ganz im fernsehen verschwunden ist. nein, ihre nase hat die rechte nummer nicht mehr aufgeschrieben, der name ist nicht mehr eingerichtet über den augenbrauen. es tritt ein ganzer körper zutage.

doch schon stellt sich die in szene gesetzte familie ein, die kann die augen nicht bei sich behalten, die schnappt zu und steckt alice in eines dieser weißen gläser, das ihr körper sein soll.
es heißt jetzt für dich sichtbar-werden, rufen sie ihr zu, während sie in die hübsche kleidung gefahren wird. die hält sie in bewegung, denn immer ist etwas auszubessern daran. und *bloß nicht rausfallen, da bloß jetzt nicht mehr rausfallen*, reden sie ihr weiter zu, *denk daran, du bist kein ufo, das sich schadlos halten kann.*

niemand lacht rückwärts, sagen die, die sie nicht kennen.

3

sie sagen, sie könne nicht einmal ihre muttersprache behalten, ja, sie habe diese einfach stehengelassen, hinter sich gelassen und spreche nur mehr in frei erfundenem englisch. man habe ihr deswegen den kopf schon kurz geschoren, und dennoch habe sie kein wort deutsch über die lippen gebracht. was soll nun aus ihr werden, so ganz vom richtigen sprechen abgekommen in diesen zeiten, in denen so alles von der sprachlichen überzeugungskraft abhängt.
sie sagen, man habe ihr nun deswegen den schrank gestellt, sogar den mund ganz verboten und darüber grashüpfer gesetzt ins haar. als kind schon habe man das getan in voraussicht auf ihren jetzigen zustand. und doch sieht es ganz so aus, als habe sie den mund in sachen muttersprache auf immer geschlossen. keiner sieht sie mehr die lippen zu einem „ja" verziehen, zu ende gekräuselt hat sich die schiffahrt „oh wie wunderbar" auf ihrer mundstelle.
man wird sich weiter gedulden müssen mit ihr.

Alice erzählt:

Menschen bei uns zuhause

immer diese frischen gesichter, fallen auf, fallen aus ihrem atem nicht heraus, reihen sich aneinander, eins zu eins, alles in originalgröße, an einer langen schnur, die hat einen namen, und wie die einen namen hat – doch aufgereiht werden sie, mit lippenstift mit lippenstift aneinandergeklebt die männerbacken, die frauen frisiert, in stacheliger haartracht ineinander schwer verfilzt.

man kann euch ja gar nicht auseinanderkennen, hat man zu den frauen immer gesagt, ihr seht euch so ähnlich wie zwillinge tut ihr das, denn immer schon waren die frauen zwillinge, während die männer einspurig dahinfuhren mit ihren motorrollern, den dünnflüssigen gefährten. die weite gegend, wer kennt die schon außer einem mann, nur er kennt die weite gegend mit ihrem sonnenuntergang und der guten alten bewegung immer nur nach vorne.

als frau bist du aufgeschmissen, hast du es einmal mit der freiheit zu tun bekommen, denn vorher schon steht dein zwilling da und drückt dich nach hinten zu den anderen ins gebiß. zurück in die schlange, heißt es da, anstehen und warten. die ampel schaltet erst wieder auf grün, wenn alles vorüber ist, was den mann betrifft, und das nimmt kein ende.

den grad unserer natürlichkeit messend, rennen wir derweil reih um reih um den häuserblock, der hier bis zu

30 m hoch stehen kann und nicht staunen. dazwischen das grünland, die rasenfläche mit den potentiellen fußballergebnissen der kinder, die haben sich schon festgesetzt zwischen unseren zähnen. soweit das geschehen. wieviele gesteinsarten wir dabei noch werden sollen, ist ungewiß, tatsache ist, daß das zu-zweit-programm uns von vorneherein dicht hält, denn ständig wirst du dabei an deinem zwilling gemessen, und immer sieht er besser aus als du und größer. ragst du aber doch eine haarspitze über ihn hinaus, dann fällt dir dein rücken, bist du andererseits etwas kleiner als er, dann fällt der rücken aller anderen frauen, was dieses ständige zurechtrichten in deren gesichtern zur folge hat.

doch immer ist dir dein zwilling eine nasenspitze voraus, und gäbe es da nicht die sage vom hasen und vom igel, gäbe es da nicht die sage vom hasen und vom igel und von einem wettrennen, dann wäre wohl alles ausgeblasen und zu ende für die sache der frauen.
denn in wirklichkeit handelt es sich nicht um ein igelpärchen, das den hasen besiegt in trauter zweisamkeit, zwei frauen sind es, die ihn so ins gras beißen lassen durch list. natürlich kommt der gute mann zu tode, nachdem er, so heißt es jedenfalls, sich so schlecht betragen hatte und ihnen einen ganzen tanzabend lang auf den füßen herumgetreten war mit bösem blick; nachdem er, so vermuten manche, ihnen ständig nur die worte im mund umgedreht hat und am schluß nicht einmal hingehört –
und nicht nur das, nicht erwähnt wird in dieser ganzen geschichte, wie den beiden igeln jahrelang immer wieder nur das schlimmste passiert war, man braucht sie sich ja nur anzusehen, da ist nichts mehr richtiges dran an ihnen.

Alice erzählt: (erzählung auch geeignet zum verbraten in einer münchner filmfabrikation als film für jungeleute und vergleichbarem ... bis das auge zum richtigen spaßvogel wird ...)

Auch ich nur ein Fall für die Dauerwelle

immer wieder eine frau, die am fenster steht, immer wieder die frau durchs fenster beim einkaufen gesehen, lippenstiftlang das vorübergehen an den spiegelgelegenheiten, dahinter der mann, unsichtbar wie eine luftblase, wie ein langer nachmittag mit augenbrauen darüber, zieht an den stoffen, die links und rechts von ihm befestigt sind und reißt sie alle herunter in seiner langeweile. und doch wird es noch eine ganze weile dauern, bis er einen schriftzug nach dem anderen über seinen handrücken wandern lassen kann, da ist nichts zu machen, die frau ist noch mit ihrem unterkiefer beschäftigt, sie befestigt es gerade mit den neuen strumpfbändern, die sie eben in der unteren etage erstanden hat um drei mark fünfzig. es sieht so aus, als ob sie niemals damit fertig werden würde, denkt sich der mann wahrscheinlich genauso wie ich. uns beiden rinnt schon der schweiß von den augen, die hitze kümmert sich an solchen tagen nicht um ihr gepäck, sie läßt es überall liegen ...

die haare schon auf vordermann gebracht steht er jedenfalls in richtung ausgang, wo die unerledigten dinge

warten – wie immer bringt er mehr geld in die ganze sache ein, als dann herauskommt für ihn, und dabei ist die frau ohnehin nie aus ihrem gleichmut zu holen, sie bleibt in sich zurück als flieder am inneren wohnzimmertisch des mannes. das ist es ja, wird er später zu mir sagen, was mir nie gelungen ist...
nur ich darf mir hier die hände ins fäustchen reiben, denn ich weiß, ich brauche nur das fenster zu öffnen und ihren namen zu rufen, und schon wird sie reagieren und herüberkommen zum kaffee. und mehr noch: sie bringt mir sogar frische zwiebeln ins haus, und in diesen zwiebeln versteckt sind all ihre texte. zettel um zettel kann man da herausziehen, und ich tue es auch, ständig bin ich dabei in diese mechanische tätigkeit zu geraten, die keinen abschluß kennt, ist ihre produktion auch ohne ende. ohne ende gieße ich ihr deshalb erst einmal kaffee ein, um mir ein bißchen zeit zu verschaffen. auch weiß ich immer noch nicht, was ich ihr auf die in ihren texten stets steckende frage antworten soll: gibt es einen mann? natürlich ist sie bezogen, natürlich kann sie als frau nur all die zeit bezogen auf einen mann oder deren zwei sein, denn wie hirngespinste hocken die männer in den frauenköpfen und tun da sachen hinein, und die frauen, die verknüpfen dann in windeseile gefühl (brust) mit kopf (zwinkern) und denken doch nur an ersteres.

der mann hinter ihr jedoch hat inzwischen im geschäft gegenüber ein unheimliches chaos angerichtet, er war eben wirklich wütend geworden über all die verlorene zeit und hebt jetzt an zu seinem abgesang: doch als schwalbe (erste stufe) erreicht er nicht einmal ihr gehör, als fink geht es wenigstens bis zum haaransatz, und letztendlich als nachtigall gelingt es ihm natürlich. so

werden die männer immer gehört, so passiert es ihnen immer, daß sie sich einschalten können und dann zudrehen jeglichen gedanken der frau. nur ich bin bis ins gebiß gewölkt voll haß, weiß aber, wie er abzuschalten ist. an der gurgel kann man das, an der gurgel ist ein roter punkt, und drückt man kräftig darauf, dann ist schluß mit seinem redefluß.
doch plötzlich finden wir uns, der mann und ich, alleine im vorzimmerflur zurück. „ein gekümmer ist das, ein ewiges gekümmer ist das", hat sie bloß gesagt und ist abgerauscht mit ihrem gefährt, mit einem auf zedernholz gebauten porsche fuhr sie ab in das grüne zubehör natur oder in eine umnachtung hinein, wie man es nehmen will, jedenfalls hat sie niemand mehr danach gesehen.

„was soll's", haben wir beide letztendlich gesagt und sind auf und davon gefahren richtung familienleben. denn was blieb uns schon übrig, in so eine position gebracht mußten wir uns eben selbst behelfen. wir haben uns dann selbständig gemacht, wie auf gehäuse aus haben wir uns selbständig gemacht, mit einem sportbekleidungsgeschäft wollten wir den berg hinauf, den man altersvorsorge nennt. doch es war von anfang an nicht der rede wert, wir haben das geld nicht gemacht, wir haben es falsch verstanden, in einem kurzen absatzmarkt gingen wir verloren. und dann war es zu spät für ein aussteigerleben, schon längst hatten wir die nase voll von all jenen, die ein wenig anders waren als wir, und so konnten wir nur mehr bleiben, was wir waren.

(wirklich tagebuch):

das kleine tapfere mädchen sein bis zum letzten, bis es einem zum gesicht rausspringt und davonläuft quer durch die straßen, während ich noch immer im zimmer sitze, mir zehn finger abwarte, die doch nicht vorbeikommen und herunterreißen das bild, wie in holz gebadet: steht auf einer stufe unterm hirn. augen nennt sich das gehäuse, doch völlig abgedichtet durch gewicht. da ist er schon, der mann und färbt ab auf alles mögliche, z. b. läßt er den spuckhimmel blaßrosa erscheinen. und schon tauchen kinderhände auf, greifen zu – und wenn der kleine dann losschreit, dann wird mir das herz ganz rund, zur kugel im genick wird es, die mahlt und mahlt die knochen zur wut, bis sie ganz abgereist sind nach innen. geblieben ist ein klettverschluß des männergesichtes neben mir, immer bereit das buch wegzulegen, kaum hat einer den faden aufgenommen, der mich betritt.
doch immer mal wieder auf dem eigenen gesicht stehen, erfahre ich plötzlich aus broschüren, liegewiesen hat man da ja ohnehin genug, lese ich da, sich ein leichteres leben anschaffen mit kurzen blicken in den spiegel, sich dabei ansehen, und immer wieder mal reden. immer wieder die minuten haben, in denen man sich herausholt aus dem allgemeinen gang ab-durch-die-mitte. hinter hauseinfahrten mal stehenbleiben und sich ein bißchen wundern über sonnenabgang. dabei die primeln im mund herumschieben, bis schönheit-aufzählen leichter fällt im leben. ja, ein bißchen das aussehen nicht mehr vergessen, schon lippen nachgezogen helfen erhalten, auch die augen kann man auf optik einstellen,

im gesicht stets eine nummer größer als der rest. geschick beweisen im kleiderkauf gilt als angebracht, aber mehr darf es auch sein: aus gesicht gewicht machen z. b. und dann abdrehen in sportliches beisammensein.

„doch ich will doch nicht wie aus der zeitung gestochen sein", rufe ich ein wenig später ins telefon hinein, „alles soll echt sein unter diesen haaren, ich will einfach vorhanden sein, nichts soll mir in die schuhe geschoben werden, ich will nicht erst einen namen auf die haut auftragen, er muß schon drinnen sein."
doch da ist nichts zu machen, so sehr ich mich auch anstrenge, keinen finger kann ich letztendlich in diese richtung bewegen, im gegenteil, alle finger biegen vorher ab und gehen direkt über in gewohnheit.

FREAK

-

FRANZ

und fliegend blühen die bäume los, man sieht, ein neues frühjahr ist herangebrochen, es hat sich angesagt durch bloßen knopfdruck, jetzt reicht der frühling seine hand schon weit über die stadt hinaus ins land hinein, und wenn man vom grünton spricht, der alles beherrscht, dann darf man ruhig mit den augen zwinkern dabei.
ein gesang reist durch die straßen der stadt, der hat recht viel zu tun mit neuen insekten und sonnenschein, kein autofahrer paßt auf den nächsten auf, alle sind sie wie fröhlich und ausgelassen, ein zebrastreifen nach dem anderen läßt seine federn zurück.

aus dem netz-ich steige auch ich jetzt.

und wie ich in den tag als falter losspringe, in jeder achselhöhle ein freies zimmer versteckt, das zeigt seine farben, wenn man es betritt, das macht spaß und morgen mehr, das macht ein schnelles geräusch aus mir, und wenn man mir zusätzlich noch das gesicht umdreht, dann ist es für eine weile abgestellt und kommt doch wieder.

oh, franz, die erste leibesschicht taut auf, sie ist davon, und übrig bleibt die rauhe schale, kein grüner frühling drückt die noch weg, da heißt es schon den genußlöffel von einem eck ins nächste schieben, bis er steckt, und dann ab in den morgen hinein, schon dampft ein morgen mit mir ab, schon will er los mit mir, doch schief steht der löffel mir im mund, was hat ihn bloß so schief gemacht, ist es ein falsches kopfnicken gewesen, ist etwas verrutscht oder unter den tisch gefallen –

ach, franz, es ist das frühstück gewesen, mein kleines frühstück ist ins eck gerutscht, oh franz, mein frühstück ist weg, was soll ich ohne es machen, wie soll ich dem vormittag noch ins auge schauen – ohne frühstück muß ich los, denn ein morgen dampft mit mir ab, und es heißt, der tür gas zu geben.

ach, franz, wie goldig das alles hier ist, wie goldig und grünblühend, und wie meine augen schön blinken können, hier im schaufenster zum beispiel, in drei verschiedenen farben, und sie fallen dabei nicht ab, nein franz, sie bleiben da hängen und sehen mich an: das günstige grinsen mitten ins gesicht geparkt und die ohren in musik kleingestellt, ja, das bin ich, franz, das bin ich: ein einziger lebendiger streifen, der sich quer durch die großstadt zieht und nie hängen bleibt.

und wie ich dann auf der hauptstraße stehe, den bus untern arm geklemmt –

und bald komme ich an, weißt du es schon, franz, bald bin ich da, kein anflug von müdigkeit ist in meinen augen versteckt, kein bißchen taube nuß jagt an meinem trommelfell entlang, ich bin einfach unterwegs, und jeden moment kann der spaß losgehen, gleich bin ich da –

und schon sitze ich bei der arbeit, lege zuerst noch hand an mein äußeres, dann ticke ich los, tippe zahlenkolonnen in den nächstbesten computer, ich bin dazu mit regeln versehen.
ach, mein computergebirge, es rechnet wohl mit all meinen zahlen, und schalte ich ab, dann rechnet es heimlich weiter, es redet nicht gerne –

kennst du die faxgeräte, franz, die faxgeräte und kopiermaschinen, franz, kennst du denn das, wie schnell sich so etwas um dich aufbauen kann, kaum hast du dich einmal umgedreht, hat es sich schon rund um dich versammelt, und dann knallt es nicht etwa, es knarrt nur ganz leise, wenn man den umgang mit den geräten in die falsche hand gibt, oder zu hause bleibt, während andere sich darauf vergnügen.

ach, franz, wie oft habe ich mich gefragt, was das ganze denn soll, wohin ich mit der vielzahl an geräten und maschinellen anordnungen denn soll, das alles kreist durch meinen kopf und schlägt zu, bis mir die ziffern

kommen. doch sie zahlen mich gut und zucken nicht zurück, wenn ich ihnen die hand gebe.
und franz, du mußt wissen, es ist eine arbeit, die nicht traurig macht, gehe ich abends mal nach hause: da bleibt ein tag hübsch auf dem anderen liegen, nichts schiebt sich dazwischen, was ihm schnelle beine machen könnte.

nur einmal, da hat sich eine hand in meinen kopf geschoben, doch das war woanders, da war ich noch zuständig für die essensausgabe, mit sieben fingern habe ich daran gearbeitet, die anderen beiden hinten auf die haken gehängt, wußte ich doch, daß ich sie eines tages zum zahlen eintippen brauchen würde.
manche bestehen ja auf betriebssauna, wir aber hatten eine mensa vor augen, die wußte, wie man das salz in die köpfe legt.

franz, kennst du denn das, wenn sich ein essensgeruch durch deinen ganzen körper aufmacht bis zu seinem bitteren ende? wenn du drehscheibe und mischtüte der verschiedensten dämpfe wirst, wenn der schöpflöffel in der hand dir die augen im magen umdreht?

doch normalerweise bin ich, wenn die arbeitspause umschlägt und es ans weiterwerken geht, mit einem gebirgsbach zu vergleichen, der nicht trödelt, doch heute, heute fange ich gar nicht an, kurz vor dem büro schlage ich einen haken und gehe direkt zum kleiderkauf über. den ganzen morgen lang schon ist mir ein kleid vorgeschwebt, das hat nicht zu große ohren und macht nicht schnell den mund auf, lange haare umrahmen es, und darin der sonnenschein.
und schon stehe ich im kaufhaus mit all seinen fünf

stockwerken, in dem die leute wie in ihrer suppe hocken und gar nicht daraus aufstehen wollen, sodaß ihnen andere aus der kleidung helfen müssen.

es sind so viele menschen da, daß es rauscht, und allen rutscht die freude quer übers gesicht –

nein, franz, es handelt sich nicht um die straßenbahn, es ist die raummaschine, die entwirft eine luft und spritzt menschen ab damit.
und dann fängt es plötzlich an: jemand will einen schönen körper, und alle müssen mit. so entsteht ein gedränge, in dem heißt es, auf dem geld wie auf einem kamm blasen und dann ab damit.

nur ich finde mich in der süßwarenabteilung wieder, alleine neben den bunten käfigen, aus denen sich die leute ihr zuckerwerk nehmen. kaufen sie es auch, dann dürfen sie sich etwas wünschen, und es bleibt echt dabei. wenn sie zudem noch die augen auf die regale gerichtet halten und ein paar minuten warten, so werden sie ganz bunt und beweglich.

ja, der süßkram, das ist bei mir so, als steckten sie mir einen docht in jedes auge und zündeten dann an, und schon klappt mir einfach der mund auf und ist nicht wieder zuzubekommen, da können sie mir alles mögliche hineinsprühen, er bleibt einfach offen.

alles riecht. nur die hände sehen doppelt.

und in allen wänden ist hier geld versteckt, man muß nur ein wenig darauf drücken, schon springt es an und rattert davon, niemand winkt ihm nach, alle haben sich einfach umgedreht und starren jetzt mich an.
ich aber schalte mir nur einen schokoriegel ein, stecke ihn mir quer durch den mund, daß es quietscht, bis sich ein großer mann mit falltür vor mir aufbaut, auf der steht geschrieben, daß ich nichts für diese abteilung sei und mich besser zu meiner altersgruppe begeben sollte –

die wartet bis sie von rechtswegen abgeholt wird, es kommt aber niemand – ständig rufen sie unsere namen auf, aber es kommt niemand, und so bleiben wir dort.

:noch ist der zigarettenrauch hell, sagt dort eine, aber bald kommen seine dunklen tage, und dann steckt kein fleisch mehr an seiner stelle:

und so werken die einen an zentralverriegelungen, andere wiederum hantieren mit sprengstoff, und dann kommt wieder einer, der weiß bescheid. doch alle zusammen halten wir dicht.

:noch liegt die straße auf der straße, sagt dort einer, aber schon liest man sie anders: da gibt es die eine und die andere seite und von beiden seiten kommen sie: und so werken die einen, andere wiederum kommen und gehen, doch alle zusammen halten wir dicht, nur ich höre nichts, denn ich trage die musik an den ohren entlang, in drei tönen, und dabei brummt es nicht, nein, es zischt nur ganz leise, spricht man mich an.

und wie sich alles außenherum bemüht, höchstgeschwindigkeit zu erreichen, alle tragen sie ihre haare im gewitter, die finger langgestreckt, die augen schön nach vorne gerichtet, ja, franz, alle sind sie wie aufgeladen und immer geradeaus, und so kauft niemand mehr etwas ein, alle sind sie nur mit der elektrik des vorbeigehens beschäftigt, bis der gute veranstalter aufkreuzt und uns ins geschäftsleben bricht. so kommen wir in mode und bleiben dort einige zeit, doch bald reißt der faden ab.
das ist das fernsehen, sagen sie nur, da liegt eine naht auf der anderen und zwischen den kanälen, aber immer wieder platzt sie auf, und dann gerät man sofort in vergessenheit –

alles riecht.

auch mein schokoriegel ist abgerissen, er läßt sich nicht mehr ablesen und verlegt seine launen aufs magenpapier, also gehe ich.

es muß wohl ein seltsamer tag sein, der mich tritt, denn ich habe einiges eingekauft, von dem ich noch nie etwas gehört habe –

ein blauer tupfen auf dem heißen stein, so sagt man doch, wäre jetzt ein ausgang, und ich beginne langsam angst zu haben vor den zahlreichen tüten, die zu hause zu öffnen sein werden. wirklich, franz, allmählich beginne ich zu begreifen, wie das ganze hier gedacht ist: du kommst herein und dann steckst du fest, tief im kaufhaus steckst du fest und trägst sachen zu boden. immer reißt du etwas mit, wenn du vorbeigehst, und mußt es dann kaufen, nie aber landest du wirklich bei einem gültigen ausgang.

schlecht sind die tage, an denen man nicht weiß, was mit dem einkauf los ist, sagen sie immer, und recht haben sie, denn schlecht sind die tage, an denen man nicht weiß, was mit dem einkauf los ist, habe ich zu jemandem gesagt, doch der antwortete nicht, er sprang nur in einen bus und fuhr davon.
dabei sehe ich nicht so aus, als müßte man mich unter den teppich kehren, nein, man kann mich als ganzes stück im auge behalten. doch heutzutage ist ja kaum noch kontakt zu den menschen zu bekommen: da tragen alle ihr blut in den adern entlang, doch niemand ist fähig, eine kontaktanzeige in die richtige richtung zu lesen, dabei ist es ja so einfach: da sind die kontaktnummern, die man drücken muß, und schon springt das gewünschte gesicht auf, in das man spucken oder freundschaft hineinlegen kann –

ach, franz, was hat denn der zoodirektor gesagt, ob ihm noch immer der atem wegbleibt bei meinen angeboten an frischfleisch? du mußt wissen, ungern kaufte ich fleisch ein und schmiß es in groben mengen weg, aber so war mein beruf, ich kaufte das fleisch, und es fiel von mir ab. doch geld ist nun einmal ehrlich, wenn es dasteht.

der direktor aber wollte ein breiteres lächeln in seinem fleisch sehen und so habe ich es gemacht und dann drehte er seine meinung um und sagte, dieses fleisch trüge seine tiere zu dick auf, für einen zoo wäre das albern, da könne er gleich dicht machen: es wäre dann kein kranich mehr in der luft, alle hielten sie träge den daumen raus, oder mit der zunge am boden, auch die frösche sagten täglich ab, bis zum schilfrohr ginge das –

und haben sie schon mal einen reiher gesehen, der auf zwei beinen hüpft und dabei satt vor sich hinlächelt?

und sehen sie hier dieses meerschweinchen, so der zoodirektor, sie werden sich vielleicht noch erinnern – wir haben es seit dem ersten weltkrieg neben dem würgeengel geparkt, und immer blieb es still stehen, wenn jemand kam, und starrte einen mit diesem seltsamen blick an, in dem die ganze geschichte der stadt enthalten war. und jetzt, jetzt tun sich in seinem magen die unglaublichsten dinge –

seit jahrzehnten, so unterbrach ich ihn, habe er sein fleischangebot nicht mehr gewechselt, warum soll er ausgerechnet das jetzt den armen tieren antun, und mir damit das fell über die ohren ziehen.
er aber fragte mich nur immer weiter nach all den hormonen aus, und wie ich sie in den fleischberg hinein habe bringen können, denn es blähten sich seine tiere gewaltig auf, und hühner hätten rindsmägen bekommen und schmetterlinge froschschenkel, was weiß ich –

doch das war ja auch nicht das problem, das problem war das staunen, das daraufhin über unser beider augen ging. die geschlechtsteile sprangen an und ratterten davon und wir ließen uns inzwischen in den rasen zurück, tratschten ein wenig. so ging ein ganzer montag an uns vorüber und niemand hat ihn mehr gesehen oder sagte ein wort.

ach, sagte er zum beispiel, so löse dich doch auf, so mache dich mir doch nahe, mache doch aus deinem körper keinen reißverschluß. dabei steckte er mir den kopf ein wenig ins gras und strich das haar nieder, daß unser beider herz klopfte.

ja, die liebe: zuerst trocknet sie einem den augenblick nieder und bringt dann zwischen mund und herz eine gangschaltung an und drückt man darauf, dann kommt ein roter ton bis in den hals hinauf. und dann kamen alle und wollten zusehen, mit ihren regenschirmen tauchten sie auf und stachen zu, jeder wollte dabei sein und ein wort mitreden, ein stück abhaben hieß es allerorts, man warf mit geldstücken und so weiter...

schließlich waren wir nicht mehr ganz bei der sache und so gingen wir aus der liebe hinaus, um uns woanders zu treffen, doch dort dachte er ständig an frau und kind und machte sich auf und davon damit, und so ging das: wir können nur einen körper haben, begann er zu erklären, und der legt sein fleisch freihändig aus, er fädelt es ein und fälscht daran, doch eines tages stehen frau und kind daneben und ein ernst fährt in deine sache ein und mit dir davon, sagte der zoodirektor und ging weg, sah mir zu, wie ich übrigblieb, winkte ein wenig.

so kam ich auf das fleisch zurück, das draußen noch immer im kühlwagen lag und überall die tiere im nebenlärm, die wollten nicht locker lassen, bis mit dem fleisch nicht mehr zu rechnen war, es starb vor sich hin, ohne daß jemand etwas entscheidendes gesagt hatte.

ach, wer erhält mir den nachmittag, den nachmittag mit dem zoodirektor auf dem rasen, wer denkt daran, ein zeitfähnchen abzustecken für mich und den zoodirektor, ach, welche glühbirne muß erst kaputt gehen, damit er zurückkommt und zu reparieren beginnt, und ich meine hand darauf legen kann.

doch ein lachen ist immer machbar, also tat ich es. und manchmal klingelt sogar noch das telefon, aber wenn ich abhebe, ist er nicht dran.

ja, so war es beim zoodirektor, nie wieder würde ich in ein auge sehen, das seines ist, und eines tages lief ich dieser anderen arbeit in die arme, die mir das händchen hielt und es zahlen eintippen ließ.

so war ich leise und übriggeblieben.

unter die haut einer arbeit schlüpfen und große augen machen, das macht die ganze wut aus, die man sich heute noch gönnen darf, unter die haut einer arbeit schlüpfen, darin verschwinden und dann ganz plötzlich zuschlagen, alles mit einem schlag aufessen und dabei sich nicht umschauen.

doch so weit kam ich nie, nie war ich dabei, als sich das ganze umkehrte.

innen und außen ist für eine arbeit einerlei, nur für dich nicht, plötzlich sitzt du auf der straße, man rechnet drinnen ohne dich weiter, und eine eintagsfliege ist das einzige, was du ihnen entreißen konntest.

doch so weit kam ich nicht, ich war nicht dabei, als sich das ganze umkehrte, und so habe ich von anfang an nur mehr an meine laufbahn gedacht und was dabei herausspringt für mich, schließlich ist man sich das nächste hemd und bleibt dabei.

also stieg ich in ein auto und fuhr fort, bis ich auf die richtige gesellschaft traf, doch das tat ich nicht, nie hockte ich auf einer bandbreite mensch aus werbung und sport, wo dir der speichel auf der zunge friert, das knistert, und du glaubst zu reden. und dann der spaß, franz, der parkt ums eck, man braucht ihn bloß anzuhupen, schon hüpft er in die richtigen augenwinkel.

nein, immer blieb ich daneben, denn weder hatte ich das lachen gebucht, das den nachmittag in die gesichter der menschen wirft, noch sprudelte das haar vor sich hin, und selbst mein alter gab schon geräusche von sich. und so schaltete jemand von der werbeagentur jedes mal wieder ein auto ein, das fuhr dann mit mir davon, und das ampellicht lacht nicht, wenn es spricht. bei dir steckt die zeit, die andere verloren haben, sagten sie nur und wirkten nicht im winken.

ich wußte doch, wie der hase steckt: man muß den leuten den blick von den augen abziehen und dabei ständig abnehmen, so machen alle es doch, fleißig wird überall an der figur gearbeitet und nicht träge in die luft geschaut dabei. man muß eben zusehen, daß man schnell wird, denn irgendwann bleibt man in seinem gesicht stecken und bewegt sich nicht mehr. ja, rasch ist man alt und schlägt wurzeln in den boden, schlägt augen zu, und dann will niemand mehr zusehen. das kopfnicken ist eben nicht zu steuern, dreht man auch das lächeln auf, bis es platzt oder weitergeht.

aber bald schon, so sagte man mir, wird mit einem male alles auf skurril umschalten, und dann werde ich ihnen zwischen die augen passen, plötzlich werden alle seltsam sein wollen, und das wird hübsch aussehen, es sei denn, meine figur hängt nicht am gewicht.
also fertigte ich diätpläne an, die ich durchkreuzen konnte oder fortfahren mit ihnen. doch die zeit ging in ihren schuh und kehrte nicht wieder, und daneben meine figur, sie war noch immer zum zerspringen bereit, umsonst kurbelte ich jeden tag meine kurven neu auf und legte mich ihnen bei.

franz, kennst du das knabbergebäck, ja, kennst du denn die chipspackungen, die nicht aus der hand fallen können, hast du sie einmal gepackt, dann hat es dich erwischt. und wenn man sie aufreißt, dann ist immer etwas darin versteckt, man muß es nicht lange suchen und kann es dann behalten, franz, ja, kennst du denn das –

oh franz.

so war es auch bei mir. auf einmal pendelte die richtige darmkrankheit durch meinen körper und blieb dort hängen, und als ich die augen wieder aufschlug, sprach man in mir vom idealgewicht. ich dachte, bald würde ich für immer das geld im auge verstecken können, schon bald bräuchte ich keine roten schachteln mehr an den fernseher zu kleben, denn mit meinem gewicht würde ich gleich auftreten können, ja, gleich würde ich hineingerollt werden mit einer kleidung am körper. die haare knisterten schon, die musik dazu verstand sich von selbst, und mehr wäre auch nicht dazu zu sagen gewesen, alle waren sie schon ums fernsehgerät versammelt und warteten und warteten nicht mehr lange und plötzlich lachten alle los, sie alle hatten das gelbe gift in die adern gespritzt, das man lachen nennt, denn mein auftritt ist nicht aufgekreuzt, er ist einfach nicht angekommen.

doch ich weiß, schuld war damals wohl die eine, die blieb in meinem gesicht stecken und trug das haar blonder auf, als ich es je konnte, sie fühlte sich wohl in meiner haut, und so hing mein elan in fremden federn, franz, schon bin ich ganz vom fenster gesprungen, ach, franz, siehst du, wie weg ich bin, wo bin ich geblieben, siehst du mich noch franz?

doch im prinzip ist nicht viel zu spüren, wenn eine abdreht, ist man auch selbst damit gemeint –

und schnell läßt sich ein neuer tagesablauf anschrauben, ist der alte mal abgebrochen oder hinken die stunden auf andere weise –

doch vorher wurde ich aufgehalten, denn mein haussegen hing schief, oh mein haussegen, was soll man ohne ihn machen, man kann einzig in urlaub fahren, und das tat ich, denn ich hatte einen freund, der hieß manfred und fuhr ständig in den urlaub, andauernd wollte er losfahren, und so fuhren wir hin.

noch nie so viel leben am laufenden band gespürt wie im urlaub, denn kaum waren wir mit einem bein im hotel, zog schon die schlinge zu, und wir lagen am strand. immer nahe am sonnenuntergang, hieß die devise, kein bleigießen auf den nachmittag notwendig.

und dann die landschaft.

franz, noch nie in meinem leben so viel landschaft auf einmal gesehen, und die leute dort glauben noch an ihre landschaft, jedenfalls sahen sie so aus, und wir sahen uns das an und dann sagten wir ihnen, daß wir wiederkommen wollten, es sei denn, alles bliebe beim alten.
doch ein urlaub hat auch seine schlechten seiten, an denen hing wohl mein magen, und so gingen wir, bevor wir dorthin fuhren, noch in die kraftkammer, wo man mir die augen hielt, da hielt ich meine augen für blond.
die luft bleibt dort ständig angeschaltet, und eine kurze sonne schaut dabei zu, wie man sich in kleinen dosen verabreicht und es dann aufschreibt, bis der schweiß sein spiel mit einem zu treiben beginnt, und immer mehr leute sich losreißen und fortfahren sich zu duschen. schon ist muskelaufbau da, die haut ist abgehakt, und ein bildschirm zeigt das alles her.

aber zurück zum urlaub.
diesmal kamen wir sogar bis ans meer: an der eingangstür tauschten sich nichts als fremde liebespaare im herausträufeln ein und kleinkinder, die spuckten. mit dem husten verwandt. wir standen eine weile auf dem gelbgrünen boden, und kein stein war ein anderer, und das meer steckte ein bein an, das meer steckte tief in natur, irgendwann mußte es darin hängen geblieben sein –

und doch kam uns nichts aufs aug, die filmhaut

hielt das alles ab, auf ihr blieb es kleben und wollte nicht mehr los von ihr, also fuhren wir wieder heim.

aber zurück zum urlaub:

wenn man genügend geld gespart hat, dann fährt man wieder los. mit einer gruppe umgeschnallt sieht die welt ganz anders aus, doch ständig ist ein magen dabei, der nicht stillhalten will, und dann, mit einem schlag, sitzt man wieder in hamburg oder wien und zieht den tag übers schnürchen.
dort aber wurde alles an der heiteren zunge gelassen, nichts hing schief oder trödelte in der stimmung.

plötzlich aber hatte meine eurocard ausgelassen, was vorher noch nie geschehen war, von allen seiten war sie sich stets gleich gewesen, nur jetzt war sie weg und blieb es auch. es mußte wohl im parkhaus geschehen sein, da ist sie mir verschwunden, und keiner hat zugesehen, und nie mehr würde ich wissen, was mit dem ganzen geld los war.
so hatte sich der urlaub wohl in den abend gewendet, ich habe ihn dann einfach ausgeschaltet und abgemacht, ganz leicht, wie einen milchzahn drehte ich mir keinen strick daraus, sondern steckte ihn einfach in die zeitungswand hinter dem klo.
ich werde ihn nie wieder sehen.

oh, franz.

(insgeheim hatte manfred wohl stets vom dabeibleiben geträumt, von dem beim-urlaub-bleiben, er hat mir ja immer weniger platz eingeräumt und ist immer mehr durch seinen langen körper gestiegen, um darin einen urlaub zu finden, und jetzt hat er eben den kopf unter dieses wasser gesteckt und ist dort geblieben.)

ja, so geht eben die natur, sie tickt nicht richtig, so geht die natur, selten geht sie rückwärts, die natur redet nicht mit sich, plötzlich schnappt sie sich das zahnputzglas und ist über alle häuser –

und dann fährt man zu hause mit dem bus und es gibt kein niederlassen und keiner sagt, komm, sing ein lied.

doch man hört so vieles.

ach, mein arbeiten, franz, mein gutes arbeiten fing da mitten hinein wieder an, schon war mein sitzplatz mit wand da, die mir die augen lud, schon tauchten die zahlen auf und ragten mitten hinein ins leben.
zeit dauert lang an, so heißt es doch, und oft genug habe ich sie deswegen ausgewechselt, dennoch hupte die hirnschale los, wenn ich sie betrat nach feierabend, auch den mundstrich bin ich nicht losgeworden, zusammengerechnet auf einem gesicht, verschwand er nicht. ich hatte den weißen stift im auge stecken, der schrieb mir die tage nur so davon.

und dabei ist es ja ohnehin immer nur derselbe tag, den man herauszieht und wäscht, bis er verblaßt, um neu aufgezogen zu werden. eine seite aus dem kalender herauszureißen

und sie danach in den mund zu stecken, hilft eben nicht viel, will man den hautkontakt zu seinem alltag zurück, und doch tat ich es immer wieder, bald war ich vollständig mit papier ausgestopft, was beim nächsten volleyballtraining nicht mehr zu verbergen war: aus jedem auge stach das papier heraus und dampfte mit mir ab.
insgeheim waren aber alle mit dieser frage beschäftigt, doch niemand sprach sie aus, denn wenn man sein bürozimmer vierteilt, ist der mund nicht aufzukriegen, da heißt es aufgepaßt-lippen – laßt-nicht-alles-durch – was-da-von-hinten-kommt. trotzdem hatten wir uns gut zurechtgemacht als gruppe, alles in allem ein ordentliches bild mit blitzableiter.

franz, kalt sind die finger, spitzt man sie erneut an zum arbeiten, jetzt aber war auch alles ganz anders: früher, da war ich mit einem sprung beim auszählreim gewesen, das waren noch zeiten, als man sich zum kaffeetrinken auf den dachboden stellte, in einer reihe, und dann kam der chef und kurbelte ihn im fahrstuhl hoch, bis er schwarz wurde. wir stürzten dann los, jeder riß sich eine andere tasse unter den nagel, danach begaben wir uns zurück zum schreibtisch, und einige minuten später kehrte wieder ruhe ein.
doch jetzt fanden wir im fahrstuhl keinen kaffee, sondern den chef, der hatte sich wohl ein ende gemacht, das kam vom vielen trinken, sie haben ja auch an jeder ecke eine handvoll whiskysorten aufgestellt, wie hundenamen geht das, und so ist es: das essen wandert immer weiter weg vom herd, und in allen dingen ist alkohol zu finden, vom morgenmüsli bis zum badewasser, ja, sogar im treppenhaus stolpert man darüber.

trotzdem: überall sind beratungsstände aufgestellt, und gibt es ein problem, dann muß man nicht lange ins auge tauchen, man geht hin und erhält eine antwort auf fragen, die kann man dann einschicken und gewinnt obendrein im preisausschreiben, das geht hier sehr schnell von der hand und weg in den topf der augen aller, bis es zusammenfällt.
so ging es auch mir.

stell dir vor franz: da sprechen alle von der kindheit am lande, nur ich hatte sie im preisausschreiben gewonnen und wußte nicht, wohin damit.

dabei wollte ich mich schon immer am land niederlassen und dort die natur dick auftragen, denn kaum tauchst du in natur ein, dann weißt du schon bescheid, ganze landstriche haben das früher gemacht und daraus ihr vermögen geschlagen.

immer schon wollte ich mir ein holzhaus bauen im grünen und nagen daran, täglich das wildschwein anhalten und von ihm abbeißen, und nur ein schmetterlingswurf entfernt ist die quelle, an der man saugen kann, bis der tag sich bricht.

jeder gute film ist doch mit einem naturbild beendet, jedes kind kennt doch den schluß in heidelbeeren.

doch die natur steht ja nicht schlange vor der haustür und wartet, nein, sie ist ganz ums eck gebracht, und so habe ich öfters an ausflugsfahrten teilgenommen, denn bei busreisen ist immer natur angebunden, sie kann so nicht weg, heißt es, deshalb trifft man sie leicht an, und das geht so:

(eins:) man spricht eine blase geld, man spricht ein eck landschaft aus, und schon ist es da.

(zwei:) man klappt die schmetterlingsflügel auf und zu, und schon entsteht ein neues foto, auf dem bleibt nur die landschaft stehen und dann ist sie aus.

aber die meisten fahrten gingen schief; die ganze zeit über wurde von nichts anderem als vom wald und seinem gebälk gesprochen, daneben zeigten sie filme her, doch niemand sah hin, alle waren wir damit beschäftigt, unsere lebensgeschichten auszutauschen, denn ist nämlich auch sonst die nahaufnahme schwierig geworden, gerät man gerade bei busreisen ständig in kontakt mit anderen, hier läßt eben das weihnachten nicht nach und keiner kann daran vorbei.
doch als der himmel uns längst überholt hatte, klebten wir noch immer am rande der stadt. kein wald war zur seite, natur blieb aus, nur insekten ließen nicht los, in einer reihe waren sie aufgefädelt die ganze luft entlang, und so fuhren wir wieder heim.

wer sich wald nennt, hat heute schlicht glück gehabt, und so ist es kein wunder, wenn man ihn verfehlt. so ist der wald, er ist wald und kein garten, wie man ihn aufsticht, bis er platzt.
die natur ist eben nur mehr sparsam eingesetzt, wollen auch immer weniger hinaus ins grüne, alle hocken sie auf ihren stühlen und bewegen sich nicht mehr, keiner will im blauen sein, bis die klarsichtfolie reißt, die sich über den tag geschoben hat, oder gar nachts, wenn die menschen von rechtswegen abfallen, wenn es den tieren zu bunt wird und sie treiben aus, treiben ihre blüten aus dem maul heraus, lassen die bunte leine los und zurückschnellen ins dickicht –

nein, niemand verliert sich noch im grünen, keinen interessiert mehr ein naturbesuch, schon kinder starren ständig weg, will man es ihnen zeigen, sie alle drehen nur am gewohnten rädchen sich die zähne aus und bleiben in elektrik stehen.

und doch hatte ich früher schon immer zwei kinder im gras finden wollen, also habe ich es da getan, denn kinder sind mit natur verbunden und sie geben gas darin. diese aber waren vom plastik nicht mehr wegzubekommen, und so ließ ich es wieder sein, halb aus den ohren gezogen, sagten sie mir ohnehin nichts mehr. sie hockten nur da und machten mich nicht froh.
und dann der wald.

noch steht er da, aber bald fällt er um, keinen laut gibt er dabei von sich her.
schon lassen uns die almen im stich, noch haben sie ihr loch im auge, aus dem es herausblühen könnte, doch schon stehen kühe herum und sammeln sich an.

und dennoch: zwischen taubem gestrüpp wird sich immer ein frühling finden, bläst man seine augen auf oder zieht man musik hinzu.

jetzt aber hieß es, meine kindheit anzutreten in einem österreichischen dorf mit handbetrieb, wo gebirgsleben vorherrscht, und es knistert, wenn der bäcker kommt. meine zehenspitzen würden wieder bis an ihr ende reichen, :und ist erstmal die erste leibesschicht abgetaut, dann wird mir der zweitrücken zurechtgerückt:

:und keine angst brauchte ich haben, das blatt könne

sich wenden, und jeden moment kommt eine deutsche großstadt heraus:

:und hügelaufwärts, ja hügelaufwärts haust das schneemädchen und hütet gasmasken – die springen und springen, kein strickmuster hält die gefangen, ganz plötzlich setzt der spaß ein, und ein genußknall folgt.

dazwischen werden erfrischungen gereicht, und alm bricht aus, ein kleeblatt an menschen stehen um einen herum, das redet in frei erfundenem deutsch, es handelt sich dabei um meist ältere leute, denen die stille im auge steht, und das sägemehl zwischen den zähnen, daneben die zahlreichen tänze und berührungsängste, das herumziehen von masken und stellvertretern, eine ganze bedeutung stellt sich im magen auf:

soweit das plakat.

aber der wald.

er gab mir zu denken, er saß auf mir knochenhart.

denn gleich war es um mich geschehen, schon war ich in meiner neuen gegend enthalten, die hieß nicht fußboden, die war ganz anders gestrickt:

links das randgebirge, rechts das brachland und dazwischen der schädlingsbefall. und die luft, immer geradeaus rollte sie den boden übers genick.

ich stand in einem dorfähnlichen zusammenhang, und kein mensch war vor die tür zu bekommen, so sehr man auch brüllte. ein dorf, wie fürs kino gemacht und dann stehengelassen, einzig das dickicht neben dem parkplatz sprang auf, und heraus kam der schräge tier-

sarg. alles schien schon zur nächsten schisaison übergegangen und dort geblieben zu sein.
dennoch: jeden tag schaltete sich der boden von alleine an und mit ihm das surren der baumwipfel, und dann kamen die lastwägen, zapften den wald an und hauten ab mit ihm.
ich kauerte an straßenschildern, die autos waren leer, kein dorfwirbel fand statt, nur werbetafeln, die stotterten. selbst jahreszeiten zahlten sich hier nicht mehr aus.
der einzige hebel: der fernseher – und ein bildschirm kostet den tag ja nicht die halbe welt, also machte ich ihn nie ganz aus.

oh, franz, niemand da, dem ein gesicht paßte.

wenn ich doch wenigstens ein meer ab und zu einschalten hätte können, doch da war nur diese eine landschaft hier, keine zweite hatten sie mir in die hand gedrückt, ich stand immer nur in dieser einen und mußte mit ihr mit.

daneben die autobahnbrücken, ja, die autobahnbrücken, an ihnen konnte man sich festhalten, sie klebten das linke auge zu, das rechte fror fest. tiere waren zu selten, um sich auf ihnen auszuruhen, die natur hing in streifen von den verlassenen bahngleisen, die flatterten im wind, eine einzige landflucht.
nur manchmal hingen gewitterfäden von den häusern herab, doch scherenlos blieben die gehwege davor, ansonsten hätte ich sicher eine aufgehoben und heftig hineingeschnitten, damit der tag wenigstens so ein schnelleres ende finde.

nein, hengstfrei blieb es und abgeschaltet, und überall immer derselbe horizont, die bäume, sie hingen nur mehr an einem seidenen faden, der war gerissen und hing jetzt nur noch von sich ab.

und letztendlich war wieder nichts zu verzeichnen als das absinken des lebens unter die erdoberfläche, bis tief unter die schale des ganzen zurück.

vielleicht war jetzt der zeitpunkt wütend zu werden und so tat ich es.

es passierte aber nichts, nur die sonne hatte zugenommen, und franz, ich sage es dir, und ich könnte es laut sagen, diese sonne steht nicht daneben, sie wird noch einmal auf uns alle zukommen, so habe ich auch damals gerufen, ja, der hauptabend kommt auf uns alle noch zu, habe ich immer wieder gerufen, viele flußähnliche streifen beginnen schon einen schwarzen namen zu tragen, einzig plastik bleibt und der boden schnappt ein, so schrie ich schon ganz heiser geworden, und niemand hörte lange zu.

doch man soll den herd nicht in den kühlschrank stellen, oder alles nur ein problem der wahrnehmung, so würde alle welt jetzt sagen, und so taten sie es auch immer wieder, und wirklich, es mußte etwas mit der richtigen einstellung zu tun gehabt haben, denn kaum war ich draußen, begann ich schon zu erzählen, daß ich die ganze zeit über weg gewesen war, weil eine kindheit ihr hartes tuch vor mir ausgebreitet hatte wie lange nicht mehr, eine weite strecke, die es mit einer handvoll geschwistern zu durchlaufen galt, daß die bäume krachten und das brot dazu. immer wieder mußte ich erzählen, wie mein erstes beet davongesegelt war, und der eisberg immer vorne auf, und alles war schwierig, weil der vater sein holzbein im kopf trug, sodaß wir uns unseren lebensweg stets von neuem aus ihm herausschlagen mußten.

und wie wir dann später ins eck gestrickt wurden, kein lebender streifen jagte mehr über unseren körper, und nur eine himmelsrichtung war geknotet und die hieß arbeit.

ja, gleich nach der ankunft wurde ich von meinem vater plus holzmutter in den körper gesteckt, so erzählte ich, und die großmutter, das eine bein im ofen, das andere unter den töpfen versteckt, wedelte.

daneben wurde dem tourismus die stange gehalten, denn es sammelten sich menschen an, und immer mehr fand vor laufender kamera statt. urlauber wickelten ihren stadtatem alljährlich wieder auf uns ab, und unter den arm gesteckt, sahen wir ganz anders aus.

abends dann die amerikanischen familien, die in unseren köpfen rastlos auf und ab gingen, immer fanden sie ein stück honig und machten ein geschrei daraus.

und dann franz, kam die große gelegenheit, das waren die neuen autokennzeichen, so etwas bewegt eine kindheit, das macht sie zum tier.

später dann das starkbier, und schon sprang alles ins rechte auge über, und die gruppe immer gut umgeschnallt, ging der lippenschluß nach vorne los. der taube rest, der in deinen augen bleibt, den schlägst du dann später deinen kindern auf den mund.
ja, am land kann es schon mal vorkommen, daß eine pflanze ins falsche blau schießt und dann nicht mehr weiter weiß, aber die natur hat ausgesorgt, die natur kümmert sich um jeden fettfleck, der weg muß, sie ist unser zahlmeister und wird es schon richten.

jedenfalls waren es nicht wenige, die liegenblieben, wenn sie mit der kindheit am land zu tun bekamen, doch eines tages ging plötzlich das handgebirge los, ratternd bewegten sich seine teile voneinander weg, und schon befand ich mich mitten im sommerschlußverkauf. da stellte sich eine traurigkeit bei mir ein, und es war die art traurig zu sein, die nicht weiter aus einem herausfällt und dennoch ist sie da.

doch im kopf einwandfrei sein, es gut sein lassen, dann den tee dick auftragen und die musik verbrauchen, so gilt hier die devise, also ging ich wieder nach hause.
dabei wollte ich die ganze zeit über immer nur meinen frühling haben, die ganze zeit über war ich auf nichts anderes aus als auf ihn in seinem sack, mit dem er die stadt überzieht, und dann springen die vögel heraus, dazu die kleine hoffnung. ja, franz, die kleine hoffnung in den mundwinkeln ist es, auf die ich immer wieder zu sprechen komme und sie dabei doch nie antreffe – nie hat ein frühling je meine gegenwart erreicht, nie hat er ausgereicht, um zu mir zu kommen, sodaß es heute

morgen wie ein wunder ist, das durch mein ohr springt, wenn ich den frühling einfach so losgehen höre.
was aber habe ich bis jetzt daraus gemacht, was ist aus mir geworden all die zeit? da wollte ich in den tag als falter losziehen, da wollte ich mir das leben nehmen und fortfahren mit ihm, und wo bin ich geblieben?

doch

alle straßen haben einen namen und zielen ab ins rechte auge. sie haben anschluß, und so entsteht die stadt. jeder führt seine großstadt im maul: immer findet alles in der u-bahn statt, sagt man dabei zum beispiel, immer findet alles in der u-bahn statt und geht dann gleich weiter.
die menschen sind hier jedenfalls nicht auf holz gebaut, die luft ist frei, man fällt durch sie durch wie ein halber satz. es ist herrlich, franz, wie man erst so dastehen kann und dann steht man auch schon dort unten.

doch einmal, da hat man mir ein bein gestohlen, glaube mir franz, sie haben mir inmitten meiner arbeitstätigkeit einfach ein bein weggenommen und gesagt, ich bekäme es später wieder zurück, aber glaubst du, jemals ist jemand wieder angekommen damit? nein, sie haben es sicherlich weiterverkauft und eine menge geld daraus gemacht, oder sie haben es auf einer wäscheleine aufgehängt und lassen es sich im wind mitdrehen.

aber ungelöffelt müssen manche dinge bleiben, macht man auch musik dazu oder stellt sich um auf sommerzeit.

doch wenn ich so belassen mein leben übers däumchen drehe, dann bleibt nichts sitzen, klopft man darauf, keine sinndichte stelle hält ihr versprechen, und beleuchte ich hie und da ein eck, dann wackelt es mit seinen flügeln und fort ist es. die ganze verbrachte zeit ein dumpfer vogelaufschlag und sonst nichts.

ach, franz.

das leben heißt doch nicht etwa einfach in der luft stecken und fertig damit. manche meinen ja, es gälte im leben die freude auf allen gesichtern gleichmäßig zu verteilen, und deswegen ziehen sie über alle umstehenden ohren den süden, damit er irgendwo hängenbleibt und durchsickert. aber sein-gesicht-im-kaffee verstecken, das tun hier alle, sagen sie dabei, alle denken nur mehr ans einkaufen – doch wer kauft nicht ein heutzutage, franz, nenn' mir einen namen, franz, kennst du irgendeinen, der nicht daran denkt – alle kaufen sie ein und setzen sich danach ins kaffeehaus, stellen ihre taschen ab und lassen es gut sein.

aber der süden, fangen sie dann wieder an, da ist der süden und du glaubst, es gibt ihn nicht, tief ist im süden die suppe ausgerutscht, selbst die technische milch greift nicht mehr, das ganze essen ist ihnen ins fernsehen abgetrieben, ihnen ist einfach nur noch zu helfen, und franz, so sagen sie, da stehen wir letztendlich alle am selben rand der zahnpastatube, und doch bleibt es in unseren händen still.

so reden sie und immer weiter, doch leben heißt doch nicht einfach in der luft stecken und fertig damit, so hatte ich mir schon vorher gedacht und mir kinder zugelegt, denn mit kindern geht das leben weiter und hört nicht einfach auf, ist einmal schluß. und doch ging alles daneben bei mir, denn gerade, wenn man sich etwas von seinen kindern verspricht, tauchen sie in deinem leben nur auf und lassen es damit gut sein.

zum beispiel mein mädchen: mir wie aus dem gesicht geschnitten. schnell waren die roten haare gemacht, und dann ist sie bloß noch groß geworden, ging in die höhe und außer haus.

und mein bub: er ließ sich erst lange hängen und plötzlich war er weg, er hatte sich einfach einen mann ausgedacht, der er dann sein sollte –

und zu guter letzt meine kinder: ein teppich voller möglichkeiten waren sie. wenn sie erst mal so richtig loslegten, dann wurde es laut. so glaubten alle, es ginge hier lustig zu, und man begann seinen spaß zu haben, denn da, wo ich wohnte, ging das eben so: die eltern versanken wie gläser in ihrem horizont, ließen ihre leber los und durchfallen in die nächste etage, bis sich das sozialamt einschaltete, und dann war endgültig schluß damit.

aber immer noch ist schlußverkauf, nur manchmal geht einem dabei schon eine gesichtshälfte verloren im nebenlärm, niemand frägt da lange nach, ist es auch die nervenfalle, von der noch zu sprechen wäre, doch das tut niemand. den kopf verdrehen und glücklich sein, das ist das einzige, was noch im leben drin ist heutzutage, glaube mir, franz, ich weiß da bescheid, ich weiß, was mit dieser zeit so los ist.

und dann hatten sie mir den kontohandstand ausgesprochen, nun stand ich da und konnte nur noch vom dach springen, doch selbst bei diesem ende würde ich trotzdem alleine bleiben, bis ich geräusche von mir gebe, denn so ist es, ist man einmal geldlos geworden und bleibt dabei. da kann man nichts mehr machen, in diesen zeiten wird eben nur mehr geld ausgegeben und sonst gar nichts.

franz, du weißt, mein karrierefinger tickte nie richtig, immer sprang er nach vorne und nach hinten und dann landete er doch in meinem mund, sodaß ich brechen mußte.
jetzt aber legte er so richtig los, doch ein lottoschein nach dem anderen wechselte ins grau und schien dort zu bleiben, auch von den vier bankbeamten, die ich da besprach wie alte tonbänder, wurde keiner gültig, alle standen sie nur da und sparten an ihren bärten, damit sie begehbar wurden und sie zusehen durften, wie ein mädchen nach dem anderen den abhang abrutschte und ab in den großen kessel in der mitte des tisches.

ach, franz, dabei war ich immer jung gewesen, nie hatte ich mich ins alter vertan, immer konnte ich jugend vorweisen und tat es. und plötzlich hatte das leben so einiges auf mich in der handtasche warten.

franz, hast du dir die aktienkurse notiert, franz, hast du sie dir hinter die ohren geschrieben? denn dort ist geld in geld gedreht und hört nicht auf dabei. mit der mark hatte man hierzulande lange nachsehen, und selbst wenn sie verschwand, blieb sie doch noch immer erhalten, und so guckten lange zeit alle aus ihrer wäsche der mark nach, niemand hatte aber wirklich notiz von ihr genommen, nur jetzt mußten wir in den grauen apfel beißen, und so hatte alles von europa los zu reden begonnen, alle standen sie in ihrer rede von europa herum, franz,

du mußt wissen, was das ist, europa, der grüne fleck am rechten herz, das ist europa, so redeten sie, nur ich blieb im eigenlärm stecken, denn das ist so, kreuzt länger kein geld bei einem auf.
dabei hatte ich mich nie verlassen, nur manchmal, wenn ich mich im spiegel beobachtete, vermeinte ich eine andere zeitung zu lesen, aber jedes mal bin ich noch auf mich zurückgekommen –

franz, habe ich schon von mir gesprochen, habe ich schon jemals von mir erzählt, und wenn, habe ich mich ausgelassen über meine vergangenheit, oder habe ich sie links liegen lassen?

das leben läßt sich nämlich ganz einfach rückwärts denken, und drückt man auf den richtigen knopf, dann kann einem die hand auswachsen oder der fuß bleibt stecken in der dicke der erinnerung. dennoch franz, ich habe das alles längst hinter mir. die gegenwart hält mich so ganz gefangen, das klingt zwar nach betreuung, aber dem ist nicht so: ich muß zusehen, wo ich bleibe, denn schnell kann einem der strick durch die rechnung gedreht, ja, schnell können deine haare zu ende geschnitten sein, und dann ist schluß.

deswegen wollen auch so viele fortfahren – laß uns losfahren, sagen sie, laß uns doch endlich losfahren auf eine insel, laß uns doch eine gut gereinigte insel finden, auf der man ruhig blut sein kann, habe auch ich oft zu jemandem gesagt, doch auf diesem ohr hörte er nicht, er stieg nur in einen bus ein und fuhr weg.

heutzutage ist ja kaum noch kontakt zu den menschen zu bekommen, denn niemand ist fähig, eine kontaktanzeige in die richtige richtung zu lesen oder gar ein gesicht so zu betreten, daß man es auch wieder verlassen kann. nein, alles bleibt bei sich im spiel und keinen schritt weiter.
und so bin ich all die jahre alleine geblieben, jedenfalls war da kein mann auf meiner kalten stange leben versteckt, der dazwischenfunken konnte oder abspringen, war einmal gelegenheit dazu – nein, er saß immer nur daneben und drehte seinen tag übers däumchen, bis dieser in seine augen sprang und darin verschwand; das glanzlose zurückwinken bei fernsehwechsel, das war unser gespräch, bis es herausfiel und krach machte.

doch drückt man seiner zeit ein auge zu, dann schwillt ein anderes an, und so erinnerten wir uns wieder ans schwimmbad, in dem wir die kinder ganz vergessen hatten, auf den wasserrutschen ausgesetzt sahen sie so fröhlich aus, doch inzwischen war einige zeit vergangen, und nun sollten wir kommen und sie holen, doch wir fanden sie nicht mehr.
im schwimmbecken standen die davongefahrenen besen kinder da, jedes mit wasser in den ohren und nichts im kopf. noch nie ist dort eines zur vernunft gekommen, verkühlt haben sich alle, nichts weiter, denn selten steigt eines freiwillig heraus. auch jetzt schien die wasseroberfläche sie alle gefangen zu halten, nur hin und wieder liefen ein paar an uns vorbei richtung eltern, blieben

dann mit erhobenen händen vor ihnen stehen und zählten auf, was sie noch alles haben wollten, unsere waren aber nie dabei.

doch alle welt will ihre kinder im auge behalten und keinen fremden im haus, so heißt es auch immer wieder, gegen diesen filzstift ist einfach kein ankommen. nur in kleinfamilien ist die gesellschaft zu haben und bei dir zu hause, war ja auch schon immer das blut der beton, der unsere gesichter zusammenhält zu einem großen ganzen –
und so hatten auch wir lange zeit an unseren kindern festgehalten, bis sie zu unseren bärten wurden und begehbar. doch diese rückten uns die gesichter auch nur zurecht wie brillen, die man aufsetzen kann oder es bleiben lassen letztendlich. dann bist du aber sowieso längst abgeschrieben, eingeschrieben wirst du von deinen kindern in das muster der tapete daheim und bleibst dort.
es beginnt mit den fotografien, die ihnen plötzlich zum hals heraushängen, und daneben die hamster, die rasch ins kücheneck zurückgestellt werden als falsche kisten aus der kindheit vernagelt. jedem seinen hamster ins auge, galt noch vor ein paar jahren die devise, doch das, was am schluß noch zu ihnen spricht, ist das geldgesicht. und sind sie einmal außer haus, dann ist ihre vergeßlichkeit das einzige, was dich noch betrifft. vorbei sind die zeiten, als du deine kinder wie türme heraus aus töpfen zogst und sie danach hinausschicktest richtung fußballplatz, jetzt macht man sich termine aus, und auch die werden bald ganz auslassen und dich zur telefonstimme verkommen – die man abhalten kann von den ohren oder überhaupt wegschalten, und letztendlich stehen sie ohnehin nur mehr alle monate mal

in einer telefonzelle herum und haben das nötige kleingeld nicht dabei –
zum schatten eines gutmütigen tiers an der wand bist du geworden, mit langen haaren und gebiß in der mitte, ja, du wirst von ihnen einfach zum haustier abgeschaltet und dann abgemacht. im lichtschalter verheddert bis zur unkenntlichkeit, der den raum erinnerung beleuchten soll, stehen deine kinder oder was von ihnen übriggeblieben ist und drehen nur mehr ab, drehen ab in ihr ständiges leben, denken dort nur an sich und keinen schritt weiter –

bis sie später mit ihren eigenen kindern zu tun bekommen, dann tauchen sie aber bei dir auf, drücken diese bei der ersten gelegenheit auf deinen schoß, und sind schon wieder auf und davon.
haushaltsgeräte wie stroh um die ohren geschnallt stehst du derweil in der küche und siehst zu, daß es zu einem kuchen kommt, denn immer hat eines von deinen enkelkindern geburtstag, und bleibt dann dabei.

doch alles hat seine kehrseite und fällt zunächst nicht ins auge, noch stehst du ja im schwimmbad und bist gut im raum verteilt. zwischendurch tauchen deine kinder auf und irgendwann tun sie es dann nicht mehr.

aber das schwimmbad.
echte sehsterne waren dort aufgehängt in wassertüten, was dem ganzen einen besonderen anstrich verlieh. sie bewegten sich und machten kinder. so lernte man etwas dabei, und dort war es auch gewesen, daß wir den mann trafen, den wir später heiraten sollten.
eigentlich knüpfte er sich täglich die blumen in den verschiedensten parkanlagen vor und saugte danach den

rasen ab, doch immer öfter traf man ihn im schwimmbad an, wo er den kleinkindern schwimmflügel anzusetzen wußte.
es herrscht schnelligkeit im naturleben, erzählte er immer, denn die natur wohnt nicht, sie steht nur da und tut nichts zur sache, und so wuchert sie ohne ende oder verschwindet ganz und gar – eine möglichkeit dazwischen gibt es nicht. in wirklichkeit ist aber niemand an der natur interessiert, nein, alle haben sie nur mehr das gartenzubehör im auge und den rasenplatz im kopf, doch was wissen die leute schon, spricht man sie darauf an, dann gehen alle weiter und erzählen sich lebhaft von den wacholderstauden ihrer kindheit.
so redete er immer auf uns ein, denn er war einer von denen, die ihr halbes leben in einer gärtnerei verbracht und dabei gelernt hatten, wie man dinge anders betrachten kann, wenn sie pflanzen sind.
eines tages aber mußte er fort und wandte sich einer salatproduktion zu, wo es ihm bald zuviel wurde und er in ein großkaufhaus überwechselte, ab in die gemüseabteilung, um sich dort als inspektor zu beschäftigen, was ihm nie geglaubt wurde. sieben mal landete er vor gericht, weil er das zutrauen des abteilungsleiters nicht gewinnen konnte, bis es allen zuviel wurde und sie ihn für vieles im schwimmbad verantwortlich machten.
jetzt setzte er den kleinkindern schwimmflügel an, und das gefiel uns, er kannte sich eben mit kindern aus, und wußte auch unsere handzuhaben. daneben ließ er es nicht selten mit einem geschlechtsakt in der dusche enden, und wie ich später erfahren sollte, mußte es dort gewesen sein, daß ich den kontakt zu ihm verloren hatte.

ja, das schwimmbad, es sind nicht viele, die über den eingangscomputer hinwegkommen, aber manchmal kommen sie sogar aus dem osten.

doch die kennt niemand, und so nimmt man dann keine notiz von ihnen.

franz, kennst du das gefühl völlig unbeweglich dazustehen, wie ein krasser clown zu warten, bis jemand die entscheidende taste drückt, die dich auf den richtigen rasen wirft, ja, kennst du denn das. aber natürlich kommt niemand, du stehst einfach weiter bei karstadt und schiebst brötchen aufs tablett und keiner kommt vorbei, der ein wenig wartet, alle schleudern sie ihre taschen nur kurz auf den ladentisch und sind schon wieder auf und davon.
so sieht es aus mit uns, franz, da sind wir dem zeitgeist anvertraut ohne ende, und er geht so mit uns spazieren. ja, einmal noch etwas machen, was aus der illustrierten herausfällt, das wäre es, redet er uns immer wieder ein, doch ohne geld ist das wohl schlecht möglich –

ach, das geld, franz, das liebe geld ist mir schon lange abhanden gekommen, es hatte wohl einen guten zug in den mund genommen und sich selbst davongespült. schon drehten sie mir am gashahn herum und machten mir die wohnung dicht, bis ich fehlte. nun konnte ich mich schon gar nicht mehr bewegen, ja, ich war derart in schulden eingebunden, daß ich mich bis mitte märz nicht mehr bewegen konnte. ich steckte einfach weiter in meinem freizeitanzug und kam nicht mehr raus aus ihm.

die ganze gegend hier ist ja so ein betriebsunfall, wie aus der u-bahn gespuckt und dann in sich hängengeblieben. man spricht im allgemeinen von den effekten des industriegeländes, der braunkohle und den wetterverhältnissen, doch ich glaube ihnen nicht, und was würde es mir auch helfen, wenn es stimmte, es gibt für mich ja doch kein entkommen daraus.
schon damals brachten mich die verkehrsverbindungen kaum weiter, denn wie die meisten hier hatte ich keinen arbeitsplatz, der mich danach wegstecken konnte oder zu hause das auge mir zubinden mit geschwindigkeit. einzig telefonanrufe blieben in dieser gegend zurück. daneben bemühte sich alles um die größtmögliche zwischenzeile. das abstandhalten in den liften hatte die leute hier anscheinend nicht mehr losgelassen, es fand bald überall statt, schnell zogen sie holzplatten zwischen allem hoch, bis zum kopfnicken ging das, sodaß die wohnungen nur noch mit satellitenschüsseln zu vertreiben gewesen wären.

ganz klar, das genußgewitter war vorüber, jetzt teilte eine neue ordnung das leben in zwei hälften und aß die mitte davon auf. doch eine ordnung mußte ja schließlich durch alle ohren gezogen, eine ordnung mußte doch aus diesem kartenspiel entwendet werden oder ähnliches?

und-nicht-immer-weiter-zum-himmel-sehen – der-nichts-bringt-als-die-aktuelle-uhrzeit-plus-grundfarbe, so heißt der montag hierzulande, ach mein montag, wer hat ihn mir so ins genick gestellt, bist du es gewesen franz, warst du es, der mir den montag gleich einer handtasche ins genick warf und ihn dort vergaß?

da wollte ich der tür gas geben und zum frühling übergehen, doch mein montag ist weg, wer hat ihn mir so aus der hand genommen, wer hat ihm so die stimme verstellt, sodaß ich ihn nur mehr abrauschen höre – franz, kannst du mir sagen, wer es ist, der mich so hängen läßt, wer hat mir das ohr so aufgeklappt und sagt doch nichts hinein?

doch schon einmal hatte ich mich das gefragt und daraufhin beschlossen: niemand spuckt in meinen tag, niemand verdreht mir diese suppe, niemand kaut auf meinen tönen. und doch ist es abend geworden. oh, franz, und wie es abend geworden ist, es ist ganz saftig abend geworden, und ich lag noch immer im park herum, wo alle menschen kommen konnten und zusehen.

doch ein haus geht in das andere über, und das andere bleibt dann auch nur stehen, und das ist so ganz die art, einen parkplatz hinzunehmen.

und doch konnte ich mich an einer langen stange glück anhalten, die guten tage, sie knickten mir ein knie ein – ach, franz, sie haben mir mein bein gestohlen, oh mein bein, wo ist es hin, aus ihm haben sie sicher ihr sitzfleisch gemacht –

aber immer findet alles in der u-bahn statt, dort muß es auch gewesen sein, daß ich meinen ellbogen verloren hatte, er ist dort einfach abgebrochen und fort war er. er wurde sicher von jemandem entwendet, denn bei den menschen, die sich da unten drängeln, ist ja so manches möglich, zuerst nehmen sie etwas mit und behaupten dann, es sei ihnen am pullover hängengeblieben, später dann haben sie mir noch den anderen arm abgenommen, während ich schlief, und sie haben ihn sicher weitergereicht, bis sich irgendeine kleinfamilie fand, die ihn zuerst wollte, und dann nicht weiterwußte damit.

kennst du die sozialversicherung, franz, die sozialversicherung und die krankenkasse, kennst du denn das, wie weit eine lungenentzündung reichen darf, wie groß und wie stark, und ob man sie kaufen kann, oder muß man sich erst hinten anstellen –

doch so weit kam es bei mir nie, franz, immer bin ich gesund geblieben, mehr noch, mir stand die gesundheit nur so ins gesicht geschrieben, als wäre sie dort erfunden worden. sie steckte tief in diesem häuschen und konnte da nicht mehr heraus – trotzdem hörte ich einiges vom operationssaal in diesen tagen, aber kein wunder, schließlich zeigen sie einem ja auch ständig bilder davon her, den ganzen tag entlang kann man menschen in familienfotos vor ihm ganz federleicht zusammenhängen sehen, und wie sie das alles betrauern. daneben wird die optische täuschung besprochen: wie gras wurde diese ihnen um die augen gewischt, behauptet dann der älteste, als es darum ging, die mutter vor dem schlimmsten zu bewahren. jetzt liegt sie mit ihrem innersten da drinnen und wird zwischen leben und tod hin und her geschoben. endlich erscheint die schreckschußpistole, das ist der arzt in seinem auftreten, da fallen die mahnenden worte gegen das glas, hinter dem die menschenlängen zusammengerechnet werden, und schon kann das winken in die richtung losgehen, aus der die gute doch wieder herausgesprungen kommt und ein ende mit ihrer niere macht.

doch immer findet alles in der u-bahn statt: mit einem mal hat alles wieder vom staat loszureden begonnen, daß es einem die hirnschale rechtsdrehend macht in diesen tagen, das kommt von den vielen fremden, die sich jetzt allerorts auftun, das kommt vom vielen trinken – ja, es ist der einfache alkohol, von dem ich spreche, franz, der einfache alkohol ist es, der uns immer wieder zu schaffen macht, er zieht dem tag ein auge herunter.
die blickrichtung ist ja noch nicht angeboren, aber selbst das werden sie bald richten, schon lange haben sie etwas gegen das augenleben geklebt. es gilt, das eigengeräusch im kaufrausch zu bewahren, und das habe ich auch immer gemacht, nur jetzt konnte ich es nicht mehr, denn mein geldfluß war gelb geworden und ging nicht mehr aus sich heraus. alleine meine augen klebten an ihm, blickten durch sein fenster, dahinter klingelte es aber nie, und schon sprang der lange erwartete bescheid heraus, nein, immer mußte ich mir knöchel zulegen im kopf vor lauter warten oder im rückwärtsgang von amt zu amt –

doch immer findet alles in der u-bahn statt, besonders die jungen leute lassen da luft ab, in der jungen generation vergeht die zeit auch viel zu schnell, kaum hat man sich ordentlich aufgedreht, ist man schon an krebs erkrankt oder sowieso am boden. ja, schnell ist schluß, und so gilt es, mit dem messer im rücken das brot aufzuschneiden, das uns nicht mehr befällt.

und welcher vogelkopf näßt nicht, ist einmal elektrizität im spiel?

so haben sie seifenblasen schießen gelernt, quer durch die köpfe anderer menschen. auf diese art gewinnen sie die schnellsten farben, und ein schädel hat viel zu geben, und immer ist ein notausgang zur hand, wußtest du das, und wie lustig augen springen können, klappt man sie erst einmal auf und gegen norden.

doch mit der kleidung ist nicht zu spaßen, auch die haut hat viel sinn für gefühl –

schließlich aber hatten sich alle doch noch mit einem schlag in die ordnung zurückgezogen, niemand wurde in papier kleingestellt oder hing daneben, denn alles fand in der u-bahn statt, und dort hat niemand zugesehen. auch mein gedächtnis ist leicht und läuft schnell, eine schnur, die ins gewicht fällt, ist es nicht –

trotzdem ist es die lebensgeschichte, die einem übel mitspielt. zum beispiel meine kindheit: meine eltern hatten mich in verdacht, da war ich noch nicht halb aus dem mutterleib heraußen, ich war ihr drittes kind, weiblich ohne streifen. einmal muß mich meine mutter noch auf den arm genommen und mir dann ins gesicht gehustet haben, so entstanden dichte wolken, die blieben in meinem kinderzimmer hängen –

meine eltern sind immer dabeigeblieben, eltern zu sein, nie haben sie damit aufgehört, ich konnte sie also vom hintergrund nicht unterscheiden, wie eine weiße wand drückte sich das langsam an mir vorbei, danach erst erkannte ich den lastwagen, wie er bei grün losfuhr und fort war er, nur ich stand alleine da, winkte ein wenig –

und franz, habe ich dir schon erzählt, wie die sache mit meinen geschwistern aussah, habe ich dir schon erzählt, wie es ist, wenn ein bunter kinderhimmel immer nur nach seinem blau greift und damit zuschlägt.

doch danach klappte die verdauung oft nicht, franz, bei mir klappte die verdauung oft nicht,

franz, hörst du,

doch ein lachen ist immer machbar und hört nicht mehr auf.

kennst du denn das sozialamt, das sozialamt und die krankenkasse? du bekommst erst eine wartenummer, ein fertiglos aus der tiefkühlmaschine, und plötzlich wirst du selbst hineingesteckt, sitzt drinnen und frierst fest, deine zehen und augen kleben an einer glaswand, und während du wartest, erzählen dir andere bereitwillig aus ihrem privatleben, wie im fernsehen geht das zu: das ist nicht persönlich, das heißt nur so und geht dann daneben. doch plötzlich läutet es irgendwo, du ziehst an dem papierstreifen, der noch immer in deiner hand klebt, du ziehst an ihm und bleibst trotzdem in die sache deines körpers verwickelt. irgendwann kommt dann schließlich doch noch einer, der schiebt dich hinaus, denn wer glaubt heute schon freiwillig an eine

hautkrankheit, nicht hier, wo die luft so ist, als hätte man genug davon.
selbst zahnärzte machen sich gerne einen spaß aus dir.

weißt du, hier rechnen sie die zeit in punkten ab, da gibt es eine liste, in die mußt du dich eintragen, dann wird dir gesagt, wo dein zeitpunkt ist. irgendwann gehst du dann los und am ende bist du doch wieder in deiner alten krankenkasse angelangt oder im sozialamt. etwas besseres kommt jedenfalls nicht nach.

franz, weißt du denn das, wie weit eine lungenentzündung reichen darf, wie weit einem das herz im wasser stehen kann, und wo es seinen endpunkt hat –

ach, franz, kein radwandertag wird mehr von mir aus gemacht.

doch noch immer ging ich hinaus, da zog ich mir gewand an, wickelte mich an einer schnur fest und hangelte mich von bäcker zu bäcker zu bank zu boden. und dann sprang ich schnell wieder zurück an den platz an meinem herzen, und wenn sich jemand umdrehte, dann hatte er bestimmt nicht mich gesehen.
und wie ich noch laufen konnte, mit beiden händen stieß ich dabei die passanten zur seite, wendig bis zum äußersten steuerte ich auf einen autobus zu und ging dann doch nur an ihm vorbei.

trotzdem setzt die stadt sich immer nur fort, und eine kaffeepause weiter trifft man nur dieselbe straße wieder an. auch mit den menschen ist nicht mehr zu rechnen, man kann sich ihnen ja schon lange nicht mehr

aussetzen, wie abgemeldet sind sie alle von sich selbst, trotzdem bleibt jeder bei sich im spiel.
da gibt es keine beziehung mehr, die noch bis vier zählen kann, franz, und doch bleibt jeder bei sich im spiel, da kannst du lange ausschau halten nach einer beziehung, die nicht ihre wege geht und dann auf und davon, du wirst sie nicht finden, alle sind sie so nach innen gezählt, alle sind sie nach innen verwählt ohne ende, niemanden erreicht man mehr.
franz, ich sage dir, das kommt von den immergleichen bleistiften, die durch alle köpfe linien ziehen wie straßen, aus gutem grund gehen die nur geradeaus und an allem vorbei. nur noch das surren der augenbrauen in diese richtung war mehr zu bemerken, gerieten sie an mich, die ich wahllos daneben stand und mit meiner weißen gesichtsfarbe wohl quer über die launen der menschen gefahren sein mußte, weil sie mich so schnell zusammenfalteten in deren augen, schnell wurde ich zum kleinen papierkügelchen, das man lieber nach hinten warf oder ab in die gut versperrte hosentasche zu all den anderen, und bald reichte selbst diese klassische sehlänge nicht mehr aus für mich, da schnappte sie jedesmal vorher ein und ging dann über mich hinweg.

aber im prinzip habe ich das alles längst hinter mir, und wenn ich so losmarschiere, wie gerade eben, dann habe ich nur eines im sinn, und das ist einzig, die haut meiner fünf papierwelten zu retten.

und doch, franz, nur mehr selten bin ich danach ausgegangen, du ahnst ja auch nicht, wie schwierig es ist, eine wohnung zu verlassen, die wie die meine ist. da ist der anlaß an technischen geräten, und im übrigen ist

alles so eingerichtet, daß du einfach nicht weggehen kannst.
du mußt wissen, meine wohnung ist geordnet, sie ist immer geradeaus mit mir, und dreht man an ihr ein stückchen dreck, dann hat man stets eine linie vor der nase, die einem den weg zum waschraum zeigt. hast du einmal hand an diese wohnung gelegt, dann wirst du sie nicht mehr los, du mußt einfach mit ihr mit: da gibt es die küche und dann erst das zimmer, da gibt es die küche und man glaubt, es gibt sie nicht. kein raum da, der nicht luftblasen unter die haut ließe, da ist einfach alles zum abschalten geeignet. und andauernd ist etwas zu tun, immer bin ich zum beispiel am reinemachen, ja, franz, du mußt mir glauben, diese wohnung halte ich ständig in ordnung, nie würde ich einen funken verunreinigte parkbank in meinem zimmer dulden, alles hat seinen platz und ist ohne viel federlesens beim namen zu nennen. geradeaus ist die wohnung mir, kein bein verstellt das andere, und so hat man selten mühe mit der ruhe. in jedem eck ist gemütlichkeit bereit.

draußen steht die stadt da, ohne ende steht sie da, sie ist so ein pflaster, heißt es ja immer wieder –

doch

man hört so vieles.

da findet immer alles nur im straßenleben statt, alle welt bricht da draußen ihren tag über die stange, nur ich bin nie dorthin gekommen, die ganze zeit über bin ich in der wohnung hängen geblieben. gerade in den letzten jahren fand hier nichts mehr ohne mich statt, selbst das frühstück forderte mich, und doch wußte

ich, irgendwann würde die wohnung ohne mich weiterlaufen müssen, ja, irgendwann würde der zeitpunkt kommen, ab dem verliefe die wohnung sich auch ohne mein bein.
schon hatte der nachmittag nackte adern, die waren von der frischluft ganz abgekommen, franz, der häuserschlaf der gegend ringsum rührte sich selbst um und drückte höchstens mein auge dann und wann zu, doch das schlafen ging längst schief, nur halbschlaf stand fest, sodaß traumdeutung sich als das völlig falsche freizeitangebot für mich herausstellte, überall tauchte ein falscher faden auf und zerriß die reihen. auch den morgen konnte ich schon lange nicht mehr rauschen hören, nur mehr ein knackgeräusch in der leitung.
als lebendige tapete verharrte ich am fenster, in meinen augen einzig die begonien, die wohnten nicht, die rauchten langsam aus, in meinem augenstau rauchten sie langsam aus, man konnte sie da eigentlich nicht weiter stehen lassen, und wenn alle ein bißchen an meinen augen gezogen hätten, wäre ihnen schnell geholfen gewesen, doch niemand tauchte auf, alle sind sie immer nur weiter vorübergezogen, oder in ihren gesichtern verschwunden bei anrede, und wenn sie einmal doch antworteten, dann so, als hätten man ihnen ziegelsteine in die hand eingebaut. so ist es doch: jeder will seine mauer ins maul und so arbeiten alle daran –

ist es auch immer dieselbe plakatwerbung, die uns alle nach hause trägt, nur ich bin lange nicht mehr heimgekommen, denn kein wunder, seit tagen bin ich nicht losgezogen, oder doch, denn wenn nicht, was habe ich dann anderes getan, ich muß doch etwas unternommen haben, alle welt tut ja was, warum nicht auch ich –

falls aber doch etwas passiert, dann kann ich gleich zu den tarotkarten rennen und mir eine zukunft in die richtige richtung zurücklegen, und funktioniert das nicht, dann bleiben mir noch die handlinien, ich drücke darauf, bis sie aufspringen, und heraus kommt der gelbe einband sinn. überall komme ich vor, überall bin ich enthalten, ja, wohin ich nur blickte, bin ich mit zukunft bedient, sogar die wetterberichte kitten den tag zu meinem ei –

doch wo bin ich dabei letztendlich wirklich geblieben, franz, siehst du mich noch, franz, siehst du zu mir hin, oder läßt du es gleich bleiben?

franz,

habe ich schon von mir gesprochen, ja, habe ich schon von mir erzählt? es empfiehlt sich nämlich von der eigenen kindheit zu sprechen, will man kontakt zu anderen menschen, so heißt es doch immer wieder, nur in dieser schachtel wird man gebeten, den raum zu betreten, den man innenleben nennt. nur bei mir klappt das nie, denn es glaubt mir einfach keiner, aber kein wunder, mein leben kann sich ja auch kaum durchschlagen in meinem gesicht, irgendwann muß es wohl dahinter stehengeblieben oder ganz fortgegangen sein –

doch schnell läßt sich ein neuer tagesablauf anschrauben, ist der alte mal abgebrochen oder hinken die stunden auf andere weise, so oder ähnlich würde ich im normalfall sagen, und das wäre auch weiter richtig, könnte ich mich im auge behalten, doch das ist gesprungen, und heraus kommt nichts als der weiße rand der straße, an dem knetet der nachmittag und immer weiter –

wer so redet, der ist womöglich schon ganz abgeschaltet, das denkst du doch ganz leise, nicht wahr, franz, so ganz für dich denkst du das: dem gehört dann die bauchspeicheldrüse nicht mehr – und recht hast du: spinnefeind wird man, dreht man die suppe um und findet sein eigenes bein darin.

das alles sind nur pappfiguren aus deinen blutbahnen, würdest du normalerweise daraufhin laut sagen, franz – aber du wirst schon noch sehen: bald kommt auch dir der herzschlag ins gesicht, bald kommt er und wird an dir vorübergehen, als kennte er dich nicht mehr, franz. dafür soll gesorgt sein –

doch wenn die dinge so in einer reihenfolge stehen, fängt sicher bald ein frühling an, und der rest der jahreszeiten steht schon schlange.

franz,

franz, warst du es, der mich ins nachtalbum gesteckt hat, bis von mir nur mehr ein körper übrigblieb, der weiß wurde und wartete, warst du es, der dann lange nicht gesprochen hat, daß es noch dauern wird, bis meine ohren wieder richtig knarren können, wenn man sie betritt?

vom gang ins altersheim war dann auch so viel die rede: da saßen sie wie aufgenäht in meinem zimmer und fragten mich ab nach vokabeln für einen guten tag. ich versuchte die kontaktscheibe zu drehen, doch deren augen sagten mir nichts mehr, sie hoben nur ab und machten mich froh, doch plötzlich sprangen sie alle auf, von den wänden kamen sie, alle standen sie rund um mich herum und bedrängten mich, ganze flüsterpartituren hatten sie aufgehängt, und überall stand altersheim geschrieben.

doch plötzlich sagte niemand mehr etwas, alle standen sie nur da und starrten in meine richtung, das schweigen war als holzscheibe gegen mein gesicht verschraubt und rotierte und rotierte weiter da hinein, bis ich keine luft mehr bekam. dann packten sie alle zu, zerrten mich dem ausgang entgegen und hinein in die nächste tablettenschachtel.

ach, franz, du ahnst nicht wie schwierig es ist, eine wohnung zu verlassen, die wie die meine ist, aber ab einem gewissen zeitpunkt ist es schließlich gleichgültig, welche straßenbahn man nimmt.
im altersheim treibt ja ohnehin alles nur ab ins fernsehen, so wird dort eben der nachmittag gemacht, und alle müssen vorbeikommen und zusehen. da wird nicht etwa gewartet, bis ein wenig gras über deine sache fährt, nein, sofort mußt du mit, sonst fängt alles mit der pflegeabteilung an und hört nicht mehr auf damit.

jedenfalls sieht es ganz danach aus, als hätte das tageslicht endgültig platz genommen in diesem gebäude. in den räumen ist ruhe so abgestellt, daß sie stumm geworden ist, und darüber läuft das radio, das wird nicht warm, das versteht sich von selbst. was anpassung betrifft, wäre der natur sicherlich noch ein bein abzuschauen, und wie es im hof gründlich eingesetzt ist: da wird der efeu zur strecke gemacht, da ist das taubenrascheln in der mitte zusammengezogen und angeordnet. ist es draußen der spaltbare rasen, der dir die launen vorantreibt am kiesweg, so bleibt es drinnen die spannbar gewordene luft, die nicht locker läßt. alleine gesundheit wird darin großgeschrieben, und doch bleibt niemand mehr dabei, alle verbringen ihre zeit nur mehr mit tabletten.

ich hatte natürlich längst bemerkt, daß das eine menschengegend ist, wo manche ihre freizeit damit vertreiben, plötzlich ums eck zu biegen und dich anzusehen, als wäre deine lebensgeschichte ihr bier, und dann gehen sie doch nur weiter und lassen es bleiben. ich hatte jedenfalls wenig lust, die leute dort kennenzulernen, denn sie antworteten nie richtig, das ständige reden war nur mehr ein auf-holz-klopfen, und das funktionierte so: der speichel fror dir auf der zunge fest, das knisterte, und du glaubtest zu reden.

es waren immer dieselben menschen da, und drehte man bloß ein stückchen dreck an ihnen, dann fielen sie gleich aus dem gespräch. so überfuhren wir uns gegenseitig die luft und nahmen sie uns heimlich weg, doch jeder riß am arm des anderen und schrieb rasch seine memoiren darauf, denn die menschen, die vorübergingen, die lasen schnell.

und was bleibt dann noch übrig von dir, was bleibt da noch stehen, franz, wenn nicht dein leben?
also steckte ich es lieber schnell in meinen mund, wie

eine tablette lag es mir auf der zunge, und niemand holte es ab, alle ließen es liegen, die ganze zeit über blieb es da einfach kleben, und letztendlich taugte es nichts mehr; es wurde heruntergekratzt von einer pflegerin.
der puls trägt hier keinen mehr richtig, sagte sie nur, so auch dich nicht, paß lieber auf, schon ist die pflegeabteilung nicht mehr weit, noch ist sie zurückgespult, aber bald kommt sie wieder und dann nimmt sie dich mit. so redete sie auf mich ein und ging auch nur vorüber.

weißt du, was das ist, die pflegeabteilung, da stecken sie dich in einen topf honig und sperren zu, bis deine lungen sich einen reim daraus machen können, lange gänge haben sie dort, die sie einem durchs gesicht schieben oder es auch bleiben lassen, doch alle sind sie ins rauchverbot gestellt. keine privatsphäre versteht sich mehr von selbst, nahtlos geht ein auge in ein anderes über und bleibt dann doch zurück.

franz, meine mundluft war mir abhanden gekommen, in drastischen seilen war es schon lange abwärts mit ihr gegangen, aber plötzlich konnte ich nur mehr flüstern, und so galt es, rückwärts den schlund zu sichern, damit kein schwarzer staubsauger kommen konnte und alles mitnehmen.

doch noch immer hatte ich das genußmüsli zwischen den zähnen, ich übte meine geburtstage noch geradeaus aus und knackte dabei mit den zähnen, bis der kuchen spritzte. dabei erklärten sie mir hier den geburtstag viel schneller, als ich es je konnte, bald aber

konnte ich es gar nicht mehr, und jetzt müssen sie dabei ganz ohne mich auskommen.
das zwischenhirn kann einem ja schon einmal hängenbleiben, aber wenn das zur gewohnheit wird, was hast du da noch in der hand. alles löste sich auf, wie beim zahlenspiel: ich malte mich morgens an, doch traf ich mich nicht mehr, franz, ich war wie weggewischt, da blieb nichts übrig, jeder tag ging von mir los und kam nicht wieder.
dann das krankenzimmer: fest war es gestellt um mich, es griff an, und einen schritt weiter war immer ein samstag zur hand, der entstand einfach so und ging dann los und mit ihm der besuch: nichts wurde dir von deinen gebrechen gelassen, das frei war von lippenstift, alles übrige längst in farbe gefahren. sie sagten dir die launen an und strichen dabei den vorhang zur seite –

und mit ihm der besuch: in diesem raum hatte er kaum platz, wer paßt auch schon in ein krankenzimmer voller stummwannen, und so kam er nie an, nur manchmal stand einer in die tür hineingekleckst, rieb sich schnell die augen ab und fort war er.
daher hatten sie wohl hier alle nasen lang einen fernseher aufgestellt, das sollte wohl die kindheit wieder hermachen: den glanz der augen im bildschirm verstekken und so weiter…

und so hörte man viel vom krieg hier oben, daß es zum haus-ausbauen war – eine breite straße zum beispiel, die einfach über den krieg gewalzt wird, eine breite bombe auf den krieg schmeißen und schluß damit.
jedenfalls wurde einem die ganze zeit über das blatt vor dem mund wäßrig geredet mit ihrer ständigen be-

richterstattung über krisenherde. deswegen glaubten viele schon, daß bald die flugzeuge kommen und uns mitnehmen würden, auch ich meinte mitzählen zu können, wie die stadt sich in den abend drehte, tat ich die ganze zeit über auch nichts anders, all die jahre hatte ich nichts getan als von diesem flugzeugabsturz zu träumen, als wäre er nur eben ums eck geparkt, und käme gleich wieder zurück vom bäcker oder vom bankkaufhaus, und dann geht es los.
doch noch lag die straße ja ruhig, sie lag auf der straße, hieß es, die autos abzählbar, selbst der himmel hatte abklappbare zähne wie hubschrauber, die schlugen unsere augen auf und lasen darin. jedem seinen hubschrauber ins auge, so heißt es doch rechtens, und das ist auch weiter richtig, denn: eine ordnung muß hier ja aus allen ohren gezogen, eine ordnung muß diesem kartenspiel entwendet werden oder ähnliches –

und so hörte man viel vom krieg hier oben, doch zwischendurch fiel liebe ein und so fiel das nicht weiter auf.

danach das essen: nährstoffe wie idioten zogen noch immer ein in meinen körper, so behaupteten sie jedenfalls, doch wer glaubte noch daran, war doch längst klar, ich aß freies blei und sonst gar nichts, dort ernährte sich niemand mehr freiwillig.
sie sagen ja auch, es wäre die ernährung gewesen, und falls ich je einen magen gehabt hätte, dann wäre er mir schon lange abhanden gekommen, aber was kann man da schon machen, was man auch ißt – plastik bleibt.

es war zum ohren auswachsen, es war zum ausatmen dort, nichts passierte mehr freihändig, nur meine halbe sache leben stand hinter mir wie eine person, ging langsam weg. doch alles in sicherheitskopien vorhanden, unterbrachen sie mich daraufhin bloß, zwinkerten mit den augen, und am ende ließ ich mir doch nur wieder das bettzeug in die knochen stopfen.
daneben stand der chefarzt, der sprach auf mich ein, auf meinem ohr hörte er aber nicht und so drehte er ab und kam nicht wieder. die medizin steckt eben tief im eigenen häuschen und kann da nicht mehr raus.

ach, franz, da hatte ich immer nahe am körper gebadet, und jetzt war so ganz schluß damit. schnell verliert sich eine beziehung, ist ein gewisser punkt mal überschritten.

du verhältst dich zu deinen adern in ungerechter position, sagten sie daraufhin zu mir – noch immer der besuch, der mich besprach wie ein altes tonband, das man abwickelt und unter freunden weiterreicht – doch was konnte man da schon machen, die wirklichkeit zerplatzt eben in verschiedenen tüten, und die meine war schon so ganz zerrissen.
zwischen mund und herz haben sie mir deswegen eine gangschaltung angebracht, und drückte man drauf, dann kam ein roter ton bis in den hals hinauf, jedenfalls war die erde wieder zu einer scheibe geworden, mit einer oberseite und einer unterseite und beide kamen mir ins gesicht, zogen dort neue seiten auf.
dann haben sie wieder das fernsehen angemacht, und ich weiß nicht, wohin sie es wieder loslassen würden, gegen meine haarspitzen wohl, aber die hatten sie mir ja ohnehin schon bis ins weiß hineingejagt.

sie sagten ja auch, es sei mein haar gewesen, zuerst hätte es die farbe gewechselt oder wäre überhaupt stehengeblieben und dann wäre es wohl in die falsche richtung gewachsen – jedenfalls war ich jetzt ganz durchzogen von ihm.

wer hatte den tag so über seine nadel gestreift, franz, wer ist es, der uns so hängen ließ in diesem gebäudekomplex, der uns noch ganz über den mund gewachsen ist, wer hatte uns das ohr aufgeklappt und nähte jetzt doch nur graue flicken darüber?

schon längst versuchte ich nicht mehr, die kontaktscheibe zu anderen menschen zu drehen, deren augen sagten mir nichts mehr, sie hoben nur ab und machten mich nicht froh. die krankenschwestern waren längst in ihren gesichtern verschwunden und selbst dabei hatten sie keine zeit. bald kommt der hörverlust, schrien sie manchmal auf mich ein, von einem gehörgang war aber ohnehin kaum noch zu sprechen gewesen, schuld daran war sicher nur das belagern mit kopfhörern und kleiner musik.
daneben konnte man kein auge mehr zudrücken, denn immer genau dann fing mein nebenhusten wieder von neuem an, nicht auszuhalten war dieses nebensterben, daß mir die spucke davon ganz fest wurde, daß mir die spucke jedenfalls kein fenster wurde, durch das ich springen könnte und heraus wäre ich aus der ganzen sache.

doch wer wird denn schon davon reden, soweit wird es ja gar nicht kommen, unterbrachen sie mich immer wieder, vorher wäre da nur noch ein kleines papiertigerchen dazwischenzuschieben, das wäre meine unterschrift, die mich zurückhalten könnte im leben –

doch, franz, längst hatten sie mir meine handschrift weggenommen, mein papierlächeln war so ganz und gar gefroren, daß sie mit beiden armen nachhelfen mußten – danach schalteten sie mich wieder ab, wie suppe ging das zwischen die knie und auf den boden, das haar blieb dabei auf der strecke. was haben sie da mit mir angefangen, was haben sie vor, franz? kannst du sehen, was letztendlich mit mir geschehen soll? aus welchem hut wollen sie mich wieder zaubern?

meine zehenspitzen, hatten sie mir weiter versprochen, würden wieder an mein ende reichen, nach dem eingriff, wie sie es nannten, wie sie es immer nannten, wenn sie etwas taten, und doch hatte man sich letztendlich nun wirklich kein bein abgebrochen mit mir, franz.

mein geschlossenes herz war doch keine anstalt, und dennoch bauten sie mich aus, sie hatten mir lange

strecken (venen) verkauft,

die setzten sie an und bauten meinen körper aus, damit er mehr gewicht bekäme. an allen ecken und enden hingen sie schnüre und gerätschaften an, mit denen mir doch nicht die zeit vertrieben wurde.

wenn es einen weg gibt, so sagten die ärzte dabei, dann führt er direkt übers herz. vielleicht verkaufen sie es bald, verkaufen es zu blei, wie in den alten filmen, mit vorne einem gesicht und hinten einer schublade.
die welt geht auch nicht unter, wenn mein körper mal weg ist, meinten sie nur, und sie hatten ja auch recht, aber was hatte ich sonst noch in der hand?
doch alle redeten nur immer wieder von der operation, und vielleicht war ja auch wirklich das lange zaudern abzustellen, so habe ich mir gedacht – ein körperausfall bedeutet noch kein augen-auswischen, brauchte ich auch bloß zu sagen, und schon schoben sie mir das besteck in den mund –

(ach mein genußlöffel, er steckt schief, sie haben ihn mir schief in den mund gesteckt, wie soll ich dem vormittag noch ins auge rauchen, wenn alles so schief gestellt ist?)

oh

franz, nie

wieder werde ich ganz ich sein.

schon lange ging das schlafen schief, nur halbschlaf stand fest und weit weg das häuserkauen, der mund längst abgeseilt, alles war schon ins fledermauseck geronnen, das weite hautgewand *(narkotika)* schlug um die augen, und dann operierten sie los: vom knochenbau

war da die rede und vom augenabnehmen, das ging ganz von alleine um mich herum. (die schultern hoben sich und waren fort):
der knochen klopft wie ein bein tut er das, auch das blut hat seine stelle und hört nicht eher auf, ausgetauscht ist es selten worden, nur jetzt wird es auf anderer basis gemacht –
der kopf ist im kopf gut zu sehen, auch das rückgrat reagiert mit geschwindigkeit, ein beispiel von leben steckt in den nieren – da klopft die wand nicht, das blut macht das wie ein knochen zu boden, es hat seine stelle, fällt auf, fällt ab, der knochen blutet nicht, das ist halsaufgabe, sagten sie, schnitten mir immer wieder das herz ab und machten daraus wetterberichte für den nächsten tag.
ohne zweifel hatten sie mir mein herz in schwarzen schachteln abgeholzt, ich war schon ganz mein bodensatz geworden. nur zum schein verlängerten sie wieder meine handlinien durch stetiges nachziehen, denn wie von alleine brachen diese ständig wieder ab, fielen zu boden und bald kam niemand mehr und hob sie auf.
nun fehlt der menschliche zusammenhang völlig, hatte jemand gesagt,

und längst war es geschehen: vom tischrand griff ein arm in das innere des bogens mensch, es war mein arm, der fiel langsam zurück in den kindermagen.

der hirnnagel schrie, er schritt voran, und dann hatte ich ihn verschluckt, dann juckte er: abschlafen bitte, hieß es, abschlafen –

franz,

franz,

sie
hatten mich zu ende operiert. sie hatten mich einfach zu ende operiert und etwas war von mir hängengeblieben.

und niemand war mehr da, der mir sagen konnte, ob mein gesicht noch stand, frisch gestrichen war es jedenfalls, da an der wand entlang, in zwei streifen, dazwischen das lange auge leben, das würde gleich andere seiten aufziehen, seinen mund öffnen und mich da hineinstecken.
niemand da, der mir darüber auskunft gab, auch in der hand hielt ich keinen zettel, der mir meinen zustand als tot beschrieb.

franz, sie hatten einfach vergessen mir zu sagen, daß ich gestorben war, jedenfalls kein abtritt in platzpatronen, doch, franz, so etwas darf man doch nicht auf die lange bank schieben – aber kein wunder, mich hat man ja ein leben lang ohnehin nur bei der nase genommen und daran aufgezogen. nie hat man mich für voll genommen, mein leben lang befand ich mich im irrtum. mein leben lang befand ich mich in einer ständigen nase, die mir zunächst immer etwas weismachte, und es dann selbst vergaß.

jedenfalls bin ich nun sicherlich auch schon amtlich zur schnecke gemacht worden, bloß mir haben sie keinen abschiedsschlüssel in die hand gegeben. es ist vorüber, hat mir niemand gesagt, alle sind sie eine rauchen gegangen oder zum nächsten patienten über.

doch schnell läßt sich ein neuer tagesablauf anschrauben. ist der alte mal abgebrochen oder hinken die stunden auf andere weise, so hatte es doch stets geheißen, und ich hatte ja auch schon immer mal ohne meinen körper leben wollen, alle nasen lang hatte ich versucht, ihn loszuwerden, und jetzt, wo es gelungen schien, wußte ich nicht mehr, was noch anfangen mit meinem leben.

ich war schon ganz untätig geworden. was hatten sie aus mir gemacht, hatte jemand falsch am tag gedreht, und heraus war ein langer draht gekommen, der mich jetzt derartig festhielt?
franz, was sollte ich so gliederlos noch machen, schon stand mir die falsche augenfarbe ins gesicht geschrieben, mein blindes haar stimmte auch nicht mehr, ein abnehmbares muster von meiner seite war ich geworden, so kann man sicherlich noch immer in dem formular lesen, das sie ausfüllen mußten. sie hatten aus mir eine strecke gemacht und mich daraus abgelöst, doch irgendwann ist jeder tod vorbei, und dann heißt es gegenwart einreichen, aber was hat man im übrigen noch im leben verloren, wenn es so fort ist –

franz, ich habe viel über leichen gelesen, oder im radio nicht zugehört. nur nicht alleine sein mit einer leiche, steht da zum beispiel auf seite sieben, vom frieden im zimmer der toten sprechen wäre jetzt nützlich, und so tat ich es schnell.

denn

gleich darauf hat sich ein neuer frühling angesagt, direkt ins gesicht hinein hat er auf mich eingesprochen, franz, schon längst waren die vögel wieder aus dem sack herausgesprungen, den ich meinen mund nannte, sie brachen das leben einfach weiter über die stange – ja, franz, was da tratschte, war mein gefieder, das augenlicht hing wieder durch den tag und kam zu keinem ende, woher auch –

schließlich kommst du in natur herein und nicht mehr los von ihr, tief steckst du in ihr fest, tief in natur hast du eingeparkt, du kannst nicht einfach aus ihr rausgehen und für immer lebewohl sagen – sie ist der große topf, der kreist, und wenn man einmal einen zeh hineingesteckt hat, dann folgt der ganze körper nach.

und wie ich in den tag als falter losgesprungen bin, als gesang reiste ich durch die straßen der stadt, ein schnelles geräusch war ich, franz, und wenn man mir zusätzlich das gesicht umdrehte, dann war es für eine weile abgestellt, und kam dann doch gleich wieder.

die erste leibesschicht tauchte schon auf, sie war die rauhe schale, in der der grüne frühling hauste, und gleich wollte ich ankommen, franz, und dann würde ich da sein, und nichts mehr würde mich ablenken, nein, franz, ich war ein einziger streifen, der sich quer durch die großstadt zog und keine notiz mehr von den schaufenstern nahm. nicht mehr wollte ich mich unter den teppich kehren lassen von den kleinen bildern zwischen den zähnen der verkäufer, den guten plätzen in den ersten reihen, die das tadellose fernsehen versprach, nicht mehr würde ich losarbeiten, nein, bloß nicht wieder losarbeiten, bis ich mir zum verwechseln ähnlich sehen würde und doch nicht dabei war.

es war kalt in meinem kopf, aber ich hatte da für einen ein zimmer eingerichtet, das lieh mir sein ohr und immer weiter. ein menschenleben ist halt viel gerede und sonst nichts, habe ich einmal zu ihm gesagt –

und weißt du auch schon, wen ich da meine, franz, weißt du es schon –

so leih mir dein ohr, habe ich zu ihm weiter gesagt, leih mir dein ohr, franz, so habe ich immer wieder gesagt, doch er hat einfach nicht hingehört. seine ohren hatten sich ja auch schon immer an den unglaublichsten stellen des körpers verstecken können, zum beispiel im kopf, da drang nichts durch, was von außen kam.

erinnerst du dich noch, franz, wie ich gesagt habe: leben heißt doch nicht einfach in der luft stecken, und fertig ist die sache, nein, danach geht man zu anderem über, zum beispiel zum leben, wie es immer mal wieder dasteht ohne zu winken. da bin ich mir ziemlich sicher, franz, denn was soll sonst noch geschehen wenn nicht das leben, die frage ist nur, was tun dabei.
laß uns das herz tauschen, franz, so sagt man doch zum nächstbesten, ist es einmal soweit, laß uns zunächst einen blick tauschen und dann das herz und danach fährt man einfach mit beiden davon – so geht das doch im frühling, nahtlos geht da ein auge in ein anderes über, und später hat dann niemand zugesehen.

die stadt war mir ein einziger faden, der mir durch die augen rann, die abstandhaltenden fahrzeuge sahen aus wie menschen, die sahen zu, daß sie weiterkamen, doch ich nahm von dem allem nicht wirklich notiz, denn gleich würde ich ankommen, franz, und dann war ich da. schnell warst du zur hand, schon im bus hast du die zeitung in meine richtung gelesen, ganz sicher war ich mir da, ganz deutlich bist du in meinen augen gestanden, doch wie kieselsteine zusammengeschickt hast du die deinen und dann in die zeitung zurückgepackt – wolltest nicht weiter aufmerksam sein, wozu auch, wirst du dir gedacht haben, was hat die mir schon zu sagen, und wie recht du damit hattest, ich hatte dir auch nichts zu sagen, ich wollte dir bloß dein leben nehmen und fortfahren damit –

so leih mir dein ohr, habe ich zu dir gesagt, und es dann einfach mitgenommen, den rest zum trocknen aufgehängt in meinem kopf, und niemand hat zugesehen, franz, niemand hat etwas bemerkt, alle umstehenden augen waren einfach mit den menschen hinter ihnen beschäftigt gewesen, alle waren sie wie weggeputzt von ihrer wahrnehmung, auch du bist letztendlich nur haarscharf am leben vorbei zur nächsten busstation, ja, ich sehe dich schon bei der arbeit sitzen, oder wie du noch hand an dein äußeres legst, wie alle anderen nimmst du deinen körper für selbstverständlich, als hättest du stets genug davon, und dann tickst du los –

Inhalt